和风汉韵

日本古今汉诗绝句点注（上卷）

● 刘振生 编著

吉林大学出版社

图书在版编目（CIP）数据

和风汉韵：日本古今汉诗绝句点注.上卷：汉文、日文/刘振生编著.--长春：吉林大学出版社，2020.10

ISBN 978-7-5692-7152-2

Ⅰ.①和… Ⅱ.①刘… Ⅲ.①汉诗—诗歌研究—日本—汉、日 Ⅳ.① I313.072

中国版本图书馆 CIP 数据核字 (2020) 第 186425 号

书　　名　**和风汉韵——日本古今汉诗绝句点注（上卷）**
　　　　　HEFENG HANYUN——RIBEN GUJIN HANSHI JUEJU DIANZHU（SHANGJUAN）

作　　者　刘振生　编著
策划编辑　张树臣
责任编辑　张树臣
责任校对　殷丽爽
装帧设计　张沐沉
出版发行　吉林大学出版社
社　　址　长春市人民大街 4059 号
邮政编码　130021
发行电话　0431-89580028/29/21
网　　址　http://www.jlup.com.cn
电子邮箱　jdcbs@jlu.edu.cn
印　　刷　吉林省科普印刷有限公司
开　　本　787mm×1092mm　1/16
印　　张　22.875
字　　数　300 千字
版　　次　2020 年 10 月第 1 版
印　　次　2020 年 10 月第 1 次
书　　号　ISBN 978-7-5692-7152-2
定　　价　120.00 元

绪 言

日本处于亚洲的东部、太平洋的西岸，自古以来与中国一衣带水，同气连枝。中国是有着五千年文明的古国，在文学、文化等方面对周边国家都有着非常重要的影响。日本则是其中受到中华文化影响最大的国家之一。《史记》《后汉书》《三国志》等中国历史典籍较早就记载了日本向中国学习的历史。日本进入奈良时期几乎全面学习中国，到隋唐宋时期则出现了历史上的一个接受中国文化的高峰，之后也一直如此。中国也由此几乎成了日本的一个社会建构的典范。这种影响一直延续到江户时代。

日本对中国文化的学习和继承在文学创作上更是比比皆是，除了书道、文章之外，他们创作的汉诗也是其中很重要的组成部分，反映出对中国文学的广泛接受和不断弘扬的客观事实。

本书则是对这一历史事实的确证之一。基于日本有史以来汉诗作品数量非常多，而且类别也多种多样的原因，为了保证类别特征和质感，本书只是将这些汉诗中的一小部分——较为代表的绝句整理出来，分为十二个类别，以两卷（上、下）来完成。

诗歌是文学中的奇葩，其本身就是一个小巧精美的金玉，蕴含天地人、文史哲的道理，因而也无须过多的赘言以碍读者赏鉴。本书只是就作者进行了简单介绍，就个别词语在本书的意涵进行了扼要的注释，更多的则是留给读者个人去理解和想象为好。

另外，从编辑原则上，满足"作者介绍""语汇解释"这两项的给予收录。而有些作品缺少作者，有些作品有作者但无史料记载，有些作品内容通俗易懂几近无需解释等，考虑到其诗歌的价值及特色，亦适当收录一些进来，以示对其全貌的关照。

　　由于时间比较仓促，加之编者水平有限，诗集中肯定会有一些解惑、释义等不如意的地方，还望各位大家、同人不吝赐教。

编　者

目 录

上 卷

第一部

时令类

晚 香

◇ 持统天皇 ◇

香具山头户户开，
晒衣晴日雪成堆。
春光不驻如流水，
换此春风夏候来。

【作者简介】

　　持统天皇（645—703），日本第四十一代天皇，第三位女皇。讳鸬野赞良，谥大倭根子天之广野日女尊。幼丧母，后嫁叔父大海人皇子（天武天皇）为妃。672年为报旧仇与大海人皇子谋划发动了"壬申之乱"并最终取得政权。天武天皇二年（唐咸亨四年，公元673年），被册封为皇后。据《日本书纪》记载，天武天皇在位时，皇后也一直辅其执政，在国事上献言进策。天武天皇崩御后称制，代续执掌国家大权，后继位称持统天皇。执政期间继承天武天皇的政策，制定"飞鸟净御原令"，营造藤原京。持统天皇四年（唐天授元年，公元690年），因太子草壁皇子去世，鸬野赞良皇女正式即位。七年后又让位于草壁皇子之子（文武天皇），被称为上皇，共同执掌朝廷政务。其人被评价为"深沈大度、好礼节俭、有母德、文采秀丽"等，《万叶集》中收录其所作和歌多首。崩御后葬于桧隈大内陵(今奈良县高市郡明日香村)。

【语汇注解】

　　香具山：今名天香久山。位于奈良县橿原市，与亩旁山、耳成山并称"大和三山"。《日本书纪》卷三载，神武天皇于香具山取土制瓮祭神事，后世遂以此山为大和国魂之所在，颇受景仰。

秋 声

◇ 猿丸大夫 ◇

树抄无风叶落时，

茅庐寂寞奈秋思。

数声鸣诉深山夕，

鹿踏千红远唤雌。

【作者简介】

　　猿丸大夫（生卒年不详），奈良时期歌人，三十六歌仙之一。猿丸大夫或为五位以上官位，具体生平事迹不详，大约为元明天皇时期（707—715）人，一说其为柿本人麻吕（660—720）。

【语汇注解】

　　①抄：碰巧，偶然。

　　②奈：对付；处置。北宋·黄庭坚《和文潜舟中所题》："谁奈离愁得，醪村或可尊。"

　　③千红：指秋景红叶满山遍野之貌。

秋 日

◇菅原右大臣◇

王趾朝来进步辰，

不腰彩弊陪从新。

满山秋色翻红锦，

赖表吾心得赛神。

【作者简介】

菅原右大臣（845—903），菅原道真。平安时代贵族、学者、诗人、政治家。幼即长于汉诗文，历任式部少辅、文章博士，后受宇多天皇信任，任权大纳言；醍醐天皇时兼任中宫大夫，后因政治斗争受诬，左迁九州太宰府，郁郁而终。菅原道真以其才学被尊为学问之神，亦以其怨灵作祟之传说被封为"天满天神"，受到广泛信仰，今日本之天满宫皆为祭祀菅原道真所建。著作有《类聚国史》《菅原之草》《新撰万叶集》《日本三代实录》等。

【语汇注解】

①王趾：皇帝、国王的脚趾，此处指朝廷、天子脚下之意。

②赛神：神祇崇拜的一种活动方式。赛神活动方式有很多，如赛大猪、赛大鹅等。各家各户的猪鹅宰杀后，摆在一块集中设祭，让神明评比，看哪一家的大。清·张心泰《粤游小识》卷三引佚名《潮城竹枝词》："四月初旬犹赛神，五更三点有游人。居然长夜不春地，几度风光过跟新。"本文指得到天皇的奖赏而为美。

重阳雨

◇ 石川丈山 ◇

篱边湿帽山间雨，
秋色使人思孟嘉。
贫似渊明诗未似，
羞将白发对黄花。

【作者简介】

　　石川丈山（1583—1672），江户初期汉诗人。名凹，字丈山，号乌鳞子，爱知县泉乡人。拜藤原惺窝为师，修儒学，擅长诗歌，精通茶道。早为德川家康麾下的一名武士，又在广岛浅野侯处任职。母亲病故后隐居京都比叡山修业，并悬挂汉宋诗人画像以示追随。著作有《北山纪闻》《诗法正义》《凸凹巢先生诗集》等。

【语汇注解】

　　①孟嘉落帽：孟嘉，东晋时代著名的文士。少年即负有才名，为大将军桓温的参军，很受器重。这个典故称扬人的气度宽宏，才思敏捷，潇洒儒雅。《晋书》卷98《孟嘉传》："九月九日，温宴龙山，僚佐毕集……有风至，吹落嘉帽，嘉不之觉。温使左右勿言，欲观其举止。嘉良久如厕，温令取还之，命孙盛作文嘲嘉，著嘉坐处。嘉还见，即答之，其文甚美，四坐嗟叹。"宋·陈师道《后山诗话》："孟嘉落帽，前世以为胜绝"。

　　②渊明：陶渊明（365—427），陶潜。东晋时期诗人、辞赋家，被誉为"田园诗派之鼻祖""隐逸诗人之宗"。江西九江人，出身官宦世家，后渐现没落。其本人"性格少言""好读书，不求甚解"。曾任江州祭酒、彭泽县令等，后辞官归隐，践行其"不戚戚于贫贱，不济济于富贵"之品格。其诗文以描写山水田园风光、隐逸自在为乐。其代表作为《桃花源记》。孟嘉为其外祖父。

端 午

◇ 源光国 ◇

江城重五几年遭，

坐上菖蒲泛浊醪。

千古楚风徒竞渡，

不知端坐读离骚。

【作者简介】

源光国（1628—1700），江户初期史学家、诗人。字子龙，号西里，水户威公第二子。曾任左卫门督、权中纳言等职。礼贤下士，崇道敬儒。著有《大日本史》《礼仪类典》《常山文集》等。

【语汇注解】

①重五：亦名端阳，端午节。

②楚风：楚国的风俗。竞渡：赛船。《荆楚岁时记》："五月五日竞渡，俗为屈原投汨罗日，伤其死，故命舟楫以拯之。"在此为领会、理解之意。陶渊明《五柳先生传》中有"每有会意，便欣然忘食"之句。

③《离骚》：屈原的诗作。"离骚"，东汉王逸释为："离，别也；骚，愁也。"《离骚》以理想与现实的矛盾冲突为主线，以花草禽鸟的比兴和瑰丽迷幻的"求女"神境作象征，借助于自我回忆中的情感激荡，和纷至沓来、幻生幻灭的情境而交替展开，倾诉了对楚国命运和人民的关心，"哀民生之多艰"，叹奸佞之当道。主张"举贤而授能""循绳墨而不颇"等。作品中运用了大量的比喻并进行了丰富的想象，表现出积极的浪漫主义精神，开创了中国文学史上的"骚"体诗歌形式，对后世有深远的影响。

残 菊

◇ 泷鹤台 ◇

十月园林木叶黄，
独看篱菊傲清霜。
可怜三迳荒余色，
能使陶家秋兴长。

【作者简介】

泷鹤台（1709-1773），江户中期汉诗人。名长恺，字弥八，号鹤台。原姓引头，为泷养正医师的养子，改姓泷。十四岁赴江户游学，拜狄藩医官小仓尚斋为师，修程朱理学。后入服部南部门下学习，并游学京都、长崎。1770年任明伦校校长。期间与秋山玉山、细井平洲等人交往深厚。著有《鹤台先生遗稿》十卷。

【语汇注解】

①陶家：指陶潜，陶渊明。

②三迳：亦作三径。指其归隐后所居住的田园，出自其《归去来兮辞》的"三迳就荒，松菊犹存"。

梅 花

◇田能村竹田◇

梅月影香云母屏，
桂眉不画立闲庭。
君王徒有珍珠赐，
唯道海棠眠未醒。

【作者简介】

田能村竹田（1776—1834），江户末期汉诗人、画家。名孝宪，字君彝，号竹田。丰后竹田村人。自幼喜好诗画，游学江户，拜大竹东海等为师，研修古文辞学，同时学习谷文晁的画法。后赴京都从师皆川淇园。其诗歌多为题画诗，画风高雅。著有《竹田庄诗话》《竹田文集》《竹田诗集》等，并培养后人、弟子多人。

【语汇注解】

①云母屏：用白云母制成的屏风。云母。矿物质，通体透明，条痕白色，多为板状。贵重者首为白云母、黑云母次之。

②桂眉句：指梅妃（713—741），名江采萍，福建莆田人。唐玄宗李世民的爱妃，喜爱梅花，故称之。

③海棠：指杨贵妃（719—756），号太真，蒲州永乐人。姿质丰艳，善歌舞，通音律，为唐代宫廷音乐家、舞蹈家。其才华在历代后妃中鲜见，被誉为中国古代四大美女之一。她先为唐玄宗儿子寿王李瑁王妃，受令出家后，又被公爹唐玄宗册封为贵妃。唐白居易《长恨歌》："回眸一笑百媚生，六宫粉黛无颜色""在天愿作比翼鸟，在地愿为连理枝"等皆为对其美貌与淑德的嘉言。

新春杂咏

◇ 山中静逸 ◇

其一

大剑峨冠去竞时，
绵衣裹足任吾宜。
梅花早向春风笑，
妆点贫家玉一枝。

【作者简介】

　　山中静逸（1822—1885），江户末期书法家、政治家。名献，号信天翁，三河国碧海郡（今爱知县碧南市）人。生于豪农家庭，早年入斋藤拙堂门下学习，与勤王志士多有交往。明治维新后历任御用挂、桃生县知事等职，后隐退京都而终老。著有《帖史》。

【语汇注解】

　　峨冠：高冠。唐·韩愈《示儿》："不知官高卑；五带悬金鱼。问客之所为；峨冠讲唐虞。"

其 二

红曦霭霭霁寒威，

雪解池塘水正肥。

偏喜回阳生意满，

无名细草带春晖。

【语汇注解】

曦：阳光（多指早晨的）。南北朝·郦道元在《三峡》中用过此字："重岩叠嶂，隐天蔽日，自非亭午夜分，不见曦月。"

中元

◇ 山中静逸 ◇

露白风凉对月娥，
家家儿女舞婆娑。
休将俚曲酬佳节，
好唱常州手鞠歌。

【语汇注解】

①中元：中元节或盂兰盆节，农历七月十五，是中国传统的鬼节之一。

②常州：常陆国。日本旧令制国之一，属东海道，今为茨城县，境内有日本第二大湖霞浦湖。

③手鞠歌：为日本童谣之一，于江户时代开始流行。手鞠，亦作手球，日本传统玩具，起源于中国唐代蹴鞠，以棉线缠为球芯，上饰花纹，多于元旦时游玩。

庆应二年宿京师闻子规

◇ 西乡隆盛 ◇

春草池头掩华门，
岩头小筑远前村。
秋光引我度樵径，
万岳千峰月一痕。

【作者简介】

　　西乡隆盛（1828—1877），江户末期政治家、萨摩藩士，与大久保利通、木户孝允并称为维新三杰。本名隆永，号南洲。西乡隆盛积极接触西学，主张"尊皇攘夷"。明治初任陆军大将兼议，推行多项社会改革，明治六年（清同治十二年，公元1873年）下野归乡，建立私学，明治十年（清光绪三年，公元1877年）在鹿儿岛举兵起事，发起西南战争。翌年九月失败自尽。相传其学习月性和尚改作的诗句——"男儿立志出乡关，学不成名死不还。埋骨何须桑梓地，人生无处不青山。"后来又为毛泽东改作而沿用。

【语汇注解】

　　①庆应：日本年号。庆应二年，公元1866年，清同治五年。
　　②子规：杜鹃鸟的别名，又叫杜宇，催归等。杜鹃鸟总是朝着北方鸣叫，六七月鸣叫声更甚，昼夜不止，发出的声音极其哀切，犹如盼子回归，所以称为杜鹃啼归。据《华阳国志·蜀志》所载，"古蜀帝杜宇禅位后亡，去化为杜鹃，于山中啼叫以至泣。"

春 近

◇ 神山凤阳 ◇

积雪经旬卧草庐，
闲人却喜岁云除。
檐头预阅新花历，
何处三春行乐初。

【作者简介】

神山凤阳（1824—1889），明治初期书法家、诗人。通称四郎，名述，字为德，号凤阳，美浓（今岐阜县）人。早年于京都开设私塾，明治二年（清同治八年，公元1869年）入立命馆任讲师。长于书法、篆刻，著有《凤阳遗稿》《凤阳遗印谱》等。

【语汇注解】

①三春：春季的三个月。农历正月称孟春，二月称仲春，三月称季春。唐李白《别毡账火炉》："离恨属三春，佳期在十月。"

②檐头：屋檐的边沿，房檐。

③花历：以花为代称来代表月份。不同的月份由不同的花来代表。比如：正月梅花，二月杏花，三月桃花，四月牡丹，五月石榴花，六月荷花，七月玉簪花，八月桂花，九月菊花，十月兰花，十一月水仙花，十二月腊梅花。

春 夜

◇ 森精所 ◇

疏影黄昏春可怜，
东风吹月到床前。
多情恐被梅花妒，
拒绝姮娥闭户眠。

【作者简介】

森精所（1826—？）江户末期诗人。名秀业，字子勤、淳平，尾张国（今爱知县）人。

【语汇注解】

姮娥：嫦娥。上古时期三皇五帝之一天帝帝俊的女儿，后羿之妻。汉《淮南子·览冥训》："羿请不死之药于西王母，姮娥窃以奔月，怅然有丧，无以续之。"

新 春

◇大沼枕山◇

痴女騃男争戏嬉，
彩球纸鹞趁春熙。
阿爷于汝安天运，
敢和渊明责子诗。

【作者简介】

大沼枕山（1818—1891），江户末期、明治前期汉诗人。通称舍吉，名厚，字子寿，号枕山，江户（今东京都）人。师从菊池五山（1772—1855），后创办"下谷吟社"传授诗学作法。著有《房山集》《咏史绝句》《诗学明辨》《观月小稿》《枕山诗钞》等。

【语汇注解】

①騃（sì），无知之貌。唐·卢仝《月蚀》："痴牛与騃女，不肯勤农桑。"

②熙：本意是指晒太阳，也可用来代指光亮、明亮，有比较美好的寓意。

③责子诗：东晋诗人陶渊明（责子）所作五言诗，其末句为"天运苟如此，且进杯中物"，以谐谑之辞批评儿子不求上进。

初 夏

◇ 大沼枕山 ◇

村落熙然夏令新，
麦花缭乱稻秧句。
女儿也学城中俗，
几种香茶丑比邻。

【语汇注解】

熙然：和乐吉祥之貌。北宋·孙岩《溪上》："溪翁生计独熙然，新买南邻酢艋船。"

春夕偶得

◇ 藤田真 ◇

香风吹水洒帘旌，
一味春寒向晚生。
起傍虚檐读周易，
梅花枝上月晶晶。

【作者简介】

不详。

【语汇注解】

①旌：古代用羽毛或牦牛尾装饰的旗子，泛指旗帜。

②周易：我国最古老的一部筮占之书，也是炎黄文化经典之一。相传系周人所作，内容包括《经》和《传》两个部分，是古代汉民族思想智慧的结晶，被誉为"大道之源"，也是华夏传统文化的巨著，被认为是中华文明的源头活水。《周易》经、传、学始终居于中国封建时代学术上的核心地位，成为人们观察宇宙人生，锻炼思维能力，建构哲学体系的重要理论基础，对于形成中国文化的特色，提升中国文化的内涵具有不可替代的重要作用。

夏 画

◇ 藤田真 ◇

幽窗眠觉渴呼茶，

日转空廊梧影斜。

午倦穗来犹懒起，

卧看小蝶上葵花。

【作者简介】

　　不详。

【语汇注解】

　　穗：禾本植物聚生在茎的顶端的花和果实。

春日杂吟

◇ 市村水香 ◇

春自绵蛮声里添，
午窗风暖半钓帘。
不须特地出门去，
桃杏樱梨花压檐。

【作者简介】

市村水香（1842—1899），江户末期儒学者。名谦，字子涯，号梅轩，摄津高槻人。曾任藩校菁莪堂世话方等职。长于汉诗。著有《锦洞小稿》。

【语汇注解】

绵蛮：小鸟，或鸟鸣声。《诗经·小雅·绵蛮》："绵蛮黄鸟，止于丘阿。"亦作"緜蛮"。

夏 夜

◇ 市村水香 ◇

池塘雨歇月昏黄，
白纻轻衫引早凉。
一点飞萤触风落，
乍从草末复生光。

【语汇注解】

白纻：白色的苎麻，亦指以其织成的夏布。唐张籍《白纻歌》："皎皎白纻白且鲜，将作春衣称少年。"

春风词

◇ 野口松阳 ◇

作意东风拂地轻，
长条袅娜舞新晴。
一花一草皆生动，
吹到垂杨别有情。

【作者简介】

野口松阳（1842—1881），江户末期诗人。名常共，字伯辰，号晚斋，肥前国（今长崎县）人。维新后官至内阁少书记官。著有汉诗集《毛山探胜录》二卷。其子野口宁斋（1867-1905）亦有诗名，有"诗坛鬼才"之称。

【语汇注解】

袅娜：形容草或枝条细长柔软之状。

秋 景

◇ 野口松阳 ◇

秋风吹梦落舆前，

无限伤心万里天。

不到白沟君不识，

寒烟蔓草草连烟。

【语汇注解】

舆：车中装载东西的部分，后泛指车。

晚 春

◇ 奥田香雨 ◇

惨淡烟愁垂柳枝，

霏微两怨海棠丝。

赵姬偏瘦杨妃病，

忙杀当年花太医。

【作者简介】

　　奥田香雨（1842—1874），江户末期汉学家，"森门四天王"之一。名真人，字超然，号香雨、诗瘦楼，名古屋人。以诗之长与诸家交游，维新后出仕于驿递寮。所作见于《明治三十八家绝句》等。

【语汇注解】

　　①霏：指烟霏云敛，弥漫的云气。

　　②赵姬：秦始皇生母，秦庄襄王夫人，赵国邯郸人。

　　③杨妃：《随书》记载其为隋炀帝之女，唐太宗李世民四妃之一。

元 旦

◇红兰张夫人◇

爆竹声高百鬼藏，
满城草木向春阳。
居然观卦爻当二，
也自深闺窥国光。

【作者简介】

红兰张夫人（1804—1879），梁川红兰，江户末期著名女性汉诗人。本姓稻津，名景婉，后名芝香，字玉书、红鸾等，号红兰，美浓国（今岐阜县南部）人。红兰自幼学习汉诗，文政三年（清道光元年，公元1820年）嫁与儒学者梁川星岩，随其周游诸国山川。安政五年（清咸丰八年，公元1858年）夫亡，旋蒙安政大狱之难，翌年获释。晚年于京都开设私塾，讲授经典诗文。

【语汇注解】

①当二：二爻，指六十四卦中从下向上数第二个爻，传代表近期事或家事之意。

②深闺：旧时指富贵人家女子居住的内室。唐·白居易《长恨歌》："杨家有女初长成，养在深闺人未识。"

冬暖

◇红兰张夫人◇

半夜云间月晕残，
手中刀尺不知寒。
雨膏入土能多少，
檐滴叮咚晓未干。

【语汇注解】

①刀尺：指文房中用来剪裁纸张的工具。

②雨膏：雨露。

春 来

◇ 天章和尚 ◇

山北山南绿四口，

可中终日道心微。

半岩幽梦春闲淡，

知否溪云满我衣。

【作者简介】

　　天章和尚：天章慈英（？—1871），江户末期临济宗僧人。字肇海，京都人，京都建仁寺第三百五十七世住持。善于和歌、诗文，明治四年遇刺离世。

新 春

◇ 天章和尚 ◇

其 一

挂梦松萝饱葆真，
寄情云月独怡神。
山林自有山林事，
不同九重城里春。

其 二

晚烟晨雾隔京城，
人与梅花雪样清。
枕上青山新得意，
梦中芳草旧吟情。

【语汇注解】

　　①九重城：古制，天子之居有门九重，故称之。北宋晏殊《临江仙》："待君归觐九重城。"此处借指京城。

　　②京城，此处指京都。

寒 夜

◇ 梅坞道人 ◇

寒透纸窗霜满天，

孤灯无焰夜如年。

道人不惜蒲团暖，

分与猫儿背后眠。

【作者简介】

梅坞道人（1822—？），江户末期汉诗人。名显明，字逸心，号陆沉堂主人，京都人。

【语汇注解】

蒲团：以蒲草编织而成的圆形扁平的座垫，又称圆座，修行人坐禅及跪拜时所用之物。

立 秋

◇ 梁川星岩 ◇

清风凉雨破三庚，
划地催人吊短檠。
一束蠹残犹可读，
白头仍是旧书生。

【作者简介】

梁川星岩（1789—1858），江户末期汉诗人，被誉为"日本的李白"。名孟围，字公图，号星岩。1822年与妻子红兰游历日本西部各地，历时五年，此间的诗作收入《西征集》中，由此诗名鹊起。其著作主要有《星岩集》26卷，《星岩先生遗稿》14卷等。

【语汇注解】

①划（chǎn）地：平白无故之意。南宋·卢祖皋《夜飞鹊慢·骄嘶破清晓》："牵衣揾弹泪，问凄风愁露，划地东西。"

②短檠（qíng），矮灯架，借指油灯。清纳兰性德《秋水·听雨》："依旧乱蛩声里，短檠明灭，怎教人睡。"

③蠹残：指被书虫啃食而出现残缺的书籍。

秋 夜

◇ 池内陶所 ◇

夕雨初妆秋院凉，

满身风露立虚廊。

一痕揭得桐柯月，

影落檐端十丈长。

【作者简介】

　　池内陶所（1814—1863），江户末期医师。名泰时，通称大学、退藏，京都人。师从贯名海屋、赖山阳学习儒学、诗歌。曾任乌丸蛤御门前住儒医。

【语汇注解】

　　桐柯：桐指梧桐，柯指草木的枝茎。

小 重

◇ 池内陶所 ◇

登高节过也何妨，
瓶里黄花未减香。
好是绿凫川上雨，
一尊重作小重阳。

【语汇注解】

①小重阳：重阳后一日，夏历九月十日。宋·陈元靓《岁时广记》（卷三）"都城士庶，多于重九后一日，再集宴赏，号小重阳。"

②凫：水鸟的一种，俗称野鸭。雄性头部绿色，背部黑褐色，雌性全身黑褐色，常群游湖泊中，能飞。

岁暮有感

◇ 池内陶所 ◇

十年心事极心酸，

敝褐谁怜范叔寒。

家有长江诗一卷，

瓶梅花底剔灯看。

【语汇注解】

①范叔寒：范雎（？—前255年），魏国人，秦国名相。曾事中大夫须贾，因随须贾使齐，须贾怀疑范雎私受齐贿，上谮于魏相魏齐。魏齐使人对范雎倍加笞辱，几乎致死。后范雎逃到秦国做了宰相，便假扮作贫寒之人，前来戏弄须贾，以泄前日之怨。后因以"范叔寒""范叔贫"用以咏贫士之典。典出《史记·范雎蔡泽列传》："范雎……见须贾。须贾见之而惊曰：'范叔固无恙乎？'范雎曰：'然。'须贾笑曰：'范叔有说于秦邪？'曰：'不也。雎前日得过于魏相，故亡逃至此，安敢说乎？'须贾曰：'今叔何事？'范雎曰：'臣为人庸赁。'须贾意哀之，留与坐饮食，曰：'范叔一寒至此乎？'乃取其一绨袍以赐之。"

②长江：贾岛（779—843），唐代诗人。字阆仙，号碣石山人，幽州范阳（今河北涿州）人。其一生穷愁，苦吟作诗，所作多写荒凉枯寂之境，长于五律，重词句锤炼。与孟郊齐名，后人以"郊寒岛瘦"喻其诗之风格。著有《长江集》一卷。

书楼迎秋

◇ 池内陶所 ◇

桐风披拂小书楼，
籁籁牙签鸣不休。
夕案朝经从此好，
檠窗滋味在新秋。

【语汇注解】

①籁籁：风吹物体发出的声音。

②牙签：系在书卷上作为标识以便翻检的牙制签牌，代指书籍。

③檠：灯架，烛台，借指灯。

元旦

◇ 菊池五山 ◇

无状鸡鸦太嫩生，

报春第一有僧鲸。

祥云冲破金龙晓，

先放东风百八声。

【作者简介】

　　菊池五山（1769—1849），江户末期诗人。名桐孙，字无弦，通称佐太夫，号五山、娱庵，赞岐国高松（今香川县高松市）人。早年入昌平坂学问所学诗，后参加"江湖诗社"，以诗会友。文化四年（1807年，清嘉庆十二年）受清袁枚《随园诗话》影响，始发刊《五山堂诗话》，后陆续刊行十五卷，对江户诗坛影响巨大。所作见于《文政十七家绝句》《天保三十六家绝句》等集中。

【语汇注解】

　　①僧鲸：鱼鼓，以木制成鱼形，寺院中击之以报时。

　　②百八声：佛教以六根有十缠九十八结，配以过去、未来、现在三世，合为百八烦恼，故于除夕敲钟一百零八下，寓以破除烦恼。清·龚自珍《己亥杂诗》："一十三度溪花红，一百八下西溪钟。"

人日雨

◇ 菊池五山 ◇

人日无人坐草堂，
梅花犹是欠平章。
雨膏偏沃东风菜，
第一春羹舌自香。

【语汇注解】

①人日：旧俗以农历正月初七为人日。《太平御览》卷三十引南朝梁宗懔《荆楚岁时记》："正月七日为人日，以七种菜为羹，剪彩为人或镂金箔为人，以贴屏风，亦戴之头鬓。又造华胜以相遗，登高赋诗。"日本的人日亦称灵辰，为五节日（人日、上巳、端午、七夕、重阳）之一，始于平安时代，有自唐土传来之食七草粥等习俗。

②平章：平正彰明。此处指"作品评点"之意。

③雨膏：雨水，雨露。

④东风菜：和名白山菊。为菊科东风菜属植物，广泛分布于东北亚，幼苗、嫩茎叶可供食用。

晚 春

◇ 安积艮斋 ◇

自甘无用卧柴关，
花落鸟啼春昼闲。
有客来谈人世事，
笑而不答起看山。

【作者简介】

　　安积艮斋（1790—1860），江户时代末期儒学家。名重信，字恩顺，通称祐助，号艮斋，为神官亲重之子。陆奥盘代（今福岛县）安积郡人。17岁赴江户入佐藤一斋、林述斋门下学习儒学，后任藩校敬学馆教授。常参与幕末外交，多次起草外交文书。著作甚多，主要有《艮斋文略》《艮斋间话》《诗略》《史论》《洋外纪略》《列妇传》《加藤清正传》《熙朝名贤言行录》等。

【语汇注解】

　　柴关：喻寒舍。唐·刘长卿《送郑十二还庐山别业》："浔阳数亩宅，归卧掩柴关。"

夏 晓

◇ 安积艮斋 ◇

一痕雷雨晚凉生，
卷尽湘帘卧月明。
风起满街梧影乱，
疏疏残滴有余清。

【语汇注解】

①湘帘：用湘妃竹做的帘子。元·赵孟頫《即事三绝·其一》："湘帘疏织浪纹稀，白苎新裁暑气微。"

②疏疏：稀疏貌，蒙眬貌。

春 夕

◇ 安积艮斋 ◇

巷深无客俟柴门，

闲却春风酒一樽。

几坐不知江月出，

半帘花影送黄昏。

【语汇注解】

　　①俟：等待。

　　②樽：古代盛酒的器具。下方多有圈足，上有镂空，中间可点火对器中的酒加热。

秋 夜

◇ 安积艮斋 ◇

闲窗读易瓦灯红，
万籁无声小院空。
忽觉静中生动意，
芙蓉露滴一池风。

【语汇注解】

①易：《易经》，也称《周易》。

②瓦灯：陶制的油灯。

新 秋

◇ 赖惟完 ◇

天上炎凉相代谢，

人间得失互乘除。

老夫惟喜秋风到，

满院桂香宜读书。

【作者简介】

赖惟完，赖春水（1746—1816），江户末期儒学者、诗人。名惟完，字千秋，号霞崖，通称弥太郎，安艺国竹原（今广岛县竹原市）人，生于豪商之家，早年至大阪学习诗文经学，后于广岛藩任儒官，积极推动朱子学成为幕府正学。有《春水遗稿》十五卷。其长子赖山阳（1781—1832）为江户末期著名史学家、思想家、诗人，以《日本外史》、书道等留名于世，孙辈有赖三树三郎等也通汉学，尤其是在传播《日本外史》等上做出了极大贡献。

【语汇注解】

惟：同"唯"，用来表示只有，仅仅，只是，希望等意思。

夏 夜

◇ 野田笛浦 ◇

移榻风前夜欲分，

荷香扑鼻露华粉。

讶看画手翻新样，

惜墨如金月有云。

【作者简介】

　　野田笛浦（1799—1859），江户末期儒学者、文学家，"文章四名家"之一。名逸，字子明，号海红园，通称希一，丹后国田边（今京都府舞鹤市）人。生于藩士之家，曾任田边藩家老，尽力于藩政改革。有著作《笛浦诗文集》《北越诗草》等。

【语汇注解】

　　露华：露水，或清冷的月光。

小 春

◇ 野田笛浦 ◇

老树经霜叶叶飞，
南檐全受小春晖。
一肱已入华胥国，
不觉山妻添熟衣。

【语汇注解】

①小春：阴历十月，因天气温暖如春而得名。北宋·欧阳修《渔家傲》："十月小春梅蕊绽，红炉画阁新装遍。"

②肱：上臂，手臂由肘到肩的部分。

③华胥国：典出《列子·黄帝》："华胥氏之国在弇州之西，台州之北，不知斯齐国几千万里；盖非舟车足力之所及，神游而已。其国无师长，自然而已。其民无嗜欲，自然而已。不知乐生，不知恶死，故无夭殇；不知亲己，不知疏物，故无爱憎；不知背逆，不知向顺，故无利害；都无所爱惜，都无所畏忌。入水不溺，入火不热。斫挞无伤痛，指擿无痟痒。乘空如履实，寝虚若睡床。云雾不碍其视，雷霆不乱其听，美恶不滑其心，山谷不踬其步，神行而已。"后用以指理想的安乐和平之境，或作梦境的代称。北宋王安石《昼寝》："独眠窗日午，往往梦华胥。"

④山妻：指隐士的妻子。唐·李白《赠范金卿》："只应自索漠，留舌示山妻。"

⑤熟衣：由煮炼过的丝织品制成的衣服。

雪 夜

◇ 祝星舲 ◇

雨雪漉漉风怒号，

寒松簇立卷旌旄。

清时有味山窗下，

枯柮垆头读六韬。

【作者简介】

祝星舲：梅辻希烈（1784—1862），江户末期汉诗人。字星舲，号廷曜，近江国（今滋贺县）人，任近江坂本日吉神社祠官。其兄梅辻春樵（1776—1857）于京都设塾，亦工于汉诗。

【语汇注解】

①旌旄：军中用以指挥的旗帜，泛指旗帜。

②柮：柱端木。

③垆头：旧时酒店里安放酒瓮的土台子。

④六韬：又称《太公六韬》《太公兵法》，为中国古代的一部著名的道家兵书，也中国古典军事文化遗产的重要组成部分。其内容博大精深，思想深邃，逻辑缜密，为中国古代军事思想精华的集中体现。

冬 晴

◇ 门田朴斋 ◇

一道晨光射绮甍，
霜烟散作满城晴。
忽然雷声殷殷响，
云是莲峰雪溃声。

【作者简介】

　　门田朴斋（1797—1873），江户末期儒学者、诗人。名重邻，字尧佐，号朴斋，通称小三郎，备后国福山（今广岛县福山市）人。曾任福山藩儒。著有《朴斋诗钞》。

【语汇注解】

　　绮甍：屋脊富丽之状。北宋·赵湘《夫人阁春帖子》："腊雪余香径，朝晖上绮甍。"

冬 夜

◇ 西岛兰溪 ◇

其 一

何物悲声到耳轮，

一闻一听足伤神。

把竿鸣鼓呼迷子，

个是同梁合柱人。

【作者简介】

　　西岛兰溪（1781—1853），江户末期儒学者。本姓下条，名长孙，字元龄，号兰溪，江户（今东京都）人。兰溪博涉群书，好与名士交游，精于校勘之学。著述颇丰，有《坤斋日抄》《敝帚诗话》等传世。

【语汇注解】

　　迷子：迷路走失的孩子。

其 二

一炉焰火拥残红，
重袭绵衾对稚童。
莫笑老夫尤善忘，
亲斟鲁薄说齐东。

【语汇注解】

　　①鲁薄：典出《庄子·胠箧》："鲁酒薄而邯郸围。"唐陆德明《经典释文》注："许慎注《淮南》云：'楚会诸侯，鲁赵俱献酒于楚王，鲁酒薄而赵酒厚。楚之主酒吏求酒于赵，赵不与。吏怒，乃以赵厚酒易鲁薄酒奏之，楚王以赵酒薄，故围邯郸。'"后因以喻事情的辗转相因、互相牵连，后亦作淡酒的代称。南宋陆游《送子虡吴门之行》："樽酒汝宁嫌鲁薄，釜羹翁自絮吴酸。"

　　②齐东：齐东野人。

春 晓

◇ 石川竹厓 ◇

柑酒何须杖履劳，

晓窗新曲破萧骚。

闲身占取黄绸暖，

听到红暾丈五高。

【作者简介】

　　石川竹厓（1794—1844），江户末期儒学者。名之裘，字士尚，号竹厓，通称贞一郎，近江国（今滋贺县）人，曾任伊势津藩校讲官。著有《广益名物六帖》。

【语汇注解】

　　①杖履：老者所用的手杖和鞋子。

　　②红暾：初生的朝阳。

中 秋

◇ 筱崎小竹 ◇

凉气才忘昼日烦，
月无纤翳王乾坤。
如使年年若今夜，
诚斋不必赏中原。

【作者简介】

筱崎小竹（1781—1851），江户末期儒学者、诗人。本姓加藤，名弼，字承弼，号畏堂，通称长左卫门，大坂（今大阪府）人。生于医师之家，不好世务，于江户学成朱子学后，归乡继承家塾梅花书屋，藏书甚丰。著有《小竹斋文稿》等。

【语汇注解】

①纤翳：微小的障蔽，多指浮云。

②诚斋：杨万里（1127—1206），南宋著名文学家、政治家。字廷秀，号诚斋，谥文节，吉州吉水（今江西吉水）人。其历仕四朝，存诗四千二百余首，被誉为一代诗宗。其诗大多描写自然景物，且以此见长，创造了语言浅近明白、清新自然并富有幽默情趣的"诚斋体"。此外亦有不少反映民间疾苦、抒发爱国之情的作品。著有《诚斋集》一百三十三卷。

③赏中原：应指杨万里《初入淮河四绝句·其四》："中原父老莫空谈，逢着王人诉不堪。却是归鸿不能语，一年一度到江南。"淳熙十六年（1189年，日本文治五年）冬，金遣使赴宋贺岁，杨万里奉命迎接，此诗即为其来到已成为宋金国界的淮河后触景伤怀所作，表达中原遗民对故国的思念之情。

冬 夜

◇ 后藤春草 ◇

晚来松杪寂无风，
生怪今宵酒没功。
模糊港水黑如添，
白处知它雪压蓬。

【作者简介】

后藤春草，后藤松阴（1797—1864），江户末期汉诗人。名机，字世张，号春草，通称春藏，美浓国大垣（今岐阜县大垣市）人。幼有神童之名，少时师从赖山阳，随其西游。后于大阪设塾，以文称名。著有《春草诗抄》《松阴诗稿》等。

【语汇注解】

①松杪（miǎo），松树梢。北宋·苏轼《赠杜介》："举意欲从之，翛然已松杪。"

②蓬：蓬蒿。多年生草本植物，花白色，中心黄色，叶似柳叶，子实有毛。

春 日

◇ 后藤春草 ◇

其 一

残寒侧侧勒庭樱，

雪意压檐天未晴。

黄鸟虽歌舌犹涩，

鸢跋鹭扈独春声。

其 二

野雉一声春晕开，

酒帘内动映残梅。

阳坡草茁平如织，

何处王孙调马来。

【作者简介】

奥野小山（1800—1858），江户末期儒学者。名纯，字温夫，号寸碧楼、胖庵，通称弥太郎，大坂（今大阪府）人，曾仕于和泉国伯太藩（今大阪府和泉市），后入近江国三上藩（今滋贺县野洲市），教育藩士子弟。著有《小山堂诗文集》等。

其　三

满湾新涨绿平桥，
艳杏夭桃态可描。
忽尔罾船截波过，
澄潭花影定还摇。

其　四

风送温香入帽檐，
垂樱宛似水晶帘。
连日酽晴多醉客，
酒旗比作两三添。

【语汇注解】

①罾船：装有罾网的渔船。南宋·陆游《散步至三家村》："罾船归处鱼飧美，社饔香时黍酒浑。"

②酽晴：喻快晴。南宋杨万里《巳未春日山居杂兴十二解》："今日酽晴天气好，杖藜看水更看山。"

其 五

夹路水田蛙罟语，

软风嬲柳柳绿缲。

那边知是淀江涨，

野菜花中帆影高。

【语汇注解】

①罟：渔网。

②缲：将蚕茧煮过抽出丝来。

③嬲（niǎo），戏弄。北宋韩驹《送子飞弟归荆南》："弟妹乘羊车，堂前走相嬲。"

④淀江：日本的淀川。由北至南分为濑田川、宇治川及淀川三段，始于大津市琵琶湖畔，入京都府后与桂川、木津川汇流，南经大阪平原入海。

其 六

棣棠映日放光辉，

万萼吹香袭客衣。

诗手驻春春不住，

一团黄雪驾风飞。

【语汇注解】

棣棠：蔷薇科棣棠花属植物。广泛分布于中国、日本。花瓣黄色，可供观赏。

秋 成

◇ 广濑淡窗 ◇

炊烟穿树日婆娑，

村马归来总负禾。

遗穗不妨施鸟雀，

清时鳏寡无多乐。

【作者简介】

广濑淡窗（1782—1856），江户末期儒学者、诗人、教育家。名建，字子基，号苓阳、青溪，谥文玄先生，通称求马，丰后国日田（今大分县日田市）人，生于商家，少入福冈龟井塾学儒，后称病归乡，开设私塾咸宜园，以敬天修德为旨，广收弟子。淡窗治学严谨，通古今和汉之书，博百家之众长，对日本教育史影响深远。其诗风枯淡高雅，为时人所崇。著有《远思楼诗钞》《万善簿》等。

【语汇注解】

婆娑：枝叶扶疏的样子。

初春雨

◇ 广濑淡窗 ◇

鸟未迁乔花未开，

墙阴残雪尚成堆。

谁知东帝回春处，

却自空濛萧瑟来。

【语汇注解】

①东帝：古时司春之神东方青帝的省称。一般认为其原型为太昊伏羲氏。清·乾隆《钦定礼记义疏》："东方青帝太皥，南方赤帝炎帝，西方白帝少皥，北方黑帝颛顼。"东帝回春，犹春回大地。元耶律铸《立春二首·其一》："东帝施恩似恤贫，严凝时节唤回春。"

②空濛：细雨迷茫的样子。

③萧瑟：风吹树叶的声音，形容环境冷清，凄凉。

人日

◇ 草场佩川 ◇

爆竹声中始出胎，
稚孩如昨发毛皑。
年年人日逢生且，
感慨一回深一回。

【作者简介】

草场佩川（1787—1867），江户末期儒学者、诗人。名韡，字棣芳，号索绚、濯缨堂主人，通称瑳助，肥前国多久町（今佐贺县多久市）人，生于藩士之家，早年入佐贺藩校弘道馆学习，后赴江户，师从儒者古贺精里。学成回藩任儒官，深受藩主信任。有诗名，亦长于墨竹画。著有《佩川诗钞》。

【语汇注解】

①人日：旧俗以农历正月初七为人日。
②皑：洁白的样子。

花 朝

◇ 草场佩川 ◇

谤说花朝花末期，

杏桃已绽两三枝。

唯因近日多风雨，

下尽吟惟总不知。

【语汇注解】

　　花朝：阴历二月十五日（一说二月廿二日）。相传为百花生日，故名。亦指阴历二月。清·苏曼殊《花朝》："但喜二分春色到，百花生日是今朝。"

早春湖

◇ 岩谷迂堂 ◇

垂杨绿嫩未藏莺，
山雪半销寒渐轻。
谁向湖边闲弄水，
棹歌一曲送春草。

【作者简介】

　　岩谷迂堂（1834—1905），岩谷一六。明治时期书画家、诗人，与日下部鸣鹤、中林梧竹并称为明治三笔。本名修，字诚卿，号迂堂、古梅，近江国甲贺郡（今滋贺县甲贺市）人。少学医学、儒学，明治维新后历任枢密权大史、元老院议官等职。

【语汇注解】

　　棹：划船的一种工具，形状和桨类似。

春日偶成

◇ 村田香谷 ◇

新绿重阴春已阑，

烧香静坐送轻寒。

隔帘时听金刀响，

烟雨庭前剪牡丹。

【作者简介】

村田香谷（1831—1912），江户末期南画家、诗人。名叔，号兰雪、适圃，筑前国（今福冈县）人。曾学画于贯名海屋、学诗于梁川星岩，工山水，能诗书，曾三度赴华游历。

【语汇注解】

①阑：纵横交错，参差错落。另有残、尽、晚之意。

②金刀：剪子。

丸山治春词

◇ 村田香谷 ◇

其 一

水瑁帘外玉栏干，
人在洞庭春睡阑。
别有温柔乡味异，
宛为周昉画中看。

【语汇注解】

①水瑁：玳瑁，有机宝石的一种。玳瑁又名十三鳞，千年龟。其背上共有十三个鳞片（角质板），表面光滑，具有褐色和淡黄色相同的血丝花纹。玳瑁具有一定的药理性质，自古来被视为吉祥与幸福之物，代表高贵、神圣，是历代王公贵族的饰物。出于对自然资源与环境的保护，现已经禁止对其进行捕捞、交易等。

②周昉（生卒年不详），唐代画家。字仲朗、景玄，京兆（今陕西西安）人。生于仕宦之家，官至越州、宣州长史。所作侍女图优游闲适，容貌丰腴，为当时士人所赏，称绝一时，传世作品还有《簪花仕女图》《挥扇仕女图》《调琴啜茗图》。周昉亦为宗教画家，擅长佛教画，如《水月观音》等为当时流行的标准。

其 二

粉陈香围斗绮罗，

春风何处荡情多。

堪笑鹢舌南蛮客，

谩借弦声觉妓歌。

【语汇注解】

①绮罗：指华贵的丝织品或丝绸衣物。

②鹢（yì），水鸟，似鹭而大，亦泛指船。鹢舌，应为鴃（jué）舌，典出《孟子·滕文公上》："今也南蛮鴃舌之人，非先王之道。"原为讥讽楚人说话如鸟语，后用以讥笑操南方方言的人。鴃，伯劳。

③南蛮：中国古代对南部部族的称呼。南蛮的称谓最早出现在周代的《礼记.王制》："南方曰蛮，雕题交趾,有不火食者矣。"

④谩：怠慢，轻慢。

其 三

曾向海门送扁舟，

碧波春草使人愁。

勾吴于越是何处，

欲寄缣书不自由。

【语汇注解】

①勾吴：一作句吴，春秋时之吴国；于越：春秋时之越国。

②缣书：帛书，泛指书信。

其 四

待客不来夜正阑，
尽抛半臂忍春寒。
寻常懒写相思字，
翻裂红笺学墨兰。

【语汇注解】

①红笺：红色笺纸，多用于题写诗词或作名片等。北宋·晏殊《清平乐》："红笺小字，说尽平生意。"

②夜正阑：半夜三更，指夜很深很晚之意。

三月雨

◇ 永坂石埭 ◇

风花瞥瞥草痕青，

惆怅词人酒又醒。

三月雨如六朝泪，

莺金蝶粉易零星。

【作者简介】

　　永坂石埭（dài）（1845—1924），江户至明治时期诗人、医师、"森门四天王"之一。名周二，字希庄，号石埭，尾张国名古屋（今爱知县名古屋市）人。诗风纤丽巧致，被誉为明治汉诗界泰斗，亦通南画、书法、茶道，其书称"永坂流"，名扬一时。著有《石埭翁诗稿》十三卷。

【语汇注解】

　　①瞥瞥：闪烁不定，飘忽浮动的样子。

　　②六朝：六朝是指中国历史上三国至隋朝的南方的六个朝代，具体为孙吴、东晋、南朝宋、南朝齐、南朝梁、南朝陈六个朝代，六朝京师均是南京。六朝承汉启唐，创造了极其灿烂辉煌的"六朝文明"，在科技和文学等诸方面均达到了空前的繁荣，促使中国南方得到巨大发展，进而开创了中华文明新的历史纪元。

惜 春

◇ 永坂石埭 ◇

绿笑红颦记不真，
三生薄侥梦如尘。
惜春御史头衔在，
谁向青楼作替人。

【语汇注解】

①颦：皱眉毛，缩鼻子，形容愁苦的样子。

②侥：意外，碰巧。引申指希求意外获得成功或幸免之意。

③惜春御史：唐代官名，掌护宫中花木。唐·冯贽《云仙散录》引《玉尘集》："穆宗每宫中花开，则以重顶帐蒙蔽栏槛，置惜春御史掌之，号曰括香。"

④青楼：原本指青漆涂饰的豪华精致的楼房，后借指妓院。

春 暮

◇ 洛河东郊 ◇

暮烟秋雨记当时，

无限离愁似牧之。

今日莺飞草当长，

江南水郭又题诗。

【作者简介】

　　洛河东郊（1867—1942），大正、昭和时期汉诗人。名为诚，字士应，号东郭，熊本县人，东京大学古典讲习科毕业。拜师于森槐南，人品、诗品皆佳，著有《燕归草堂诗钞》。

【语汇注解】

　　①牧之：杜牧（803—852），晚唐著名诗人。京兆万年县人，唐宰相杜佑之孙。进士及第，曾任监察御史等职。好读书，主张文以致用，对应杜甫被称为小杜。其《江南春》中有"南朝四百八十寺，多少楼台烟雨中"，表现出其感时伤逝的心理。

　　②郭：外城。

端 午

◇ 无名氏 ◇

怜杀骚盟皆楚醒，
未看酒颂学刘伶。
今辰聊滴菖蒲露，
只觉风檐笔砚香。

【语汇注解】

①骚盟：风骚人物的联合，借指诗坛。

②酒颂：魏晋文学家刘伶所作骈文《酒德颂》："有大人先生，以天地为一朝，以万期为须臾，日月为扃牖，八荒为庭衢。行无辙迹，居无室庐，暮天席地，纵意所如。止则操卮执觚，动则挈榼提壶，唯酒是务，焉知其余？有贵介公子，搢绅处士，闻吾风声，议其所以。乃奋袂攘襟，怒目切齿，陈说礼法，是非锋起。先生于是方捧罂承槽、衔杯漱醪。奋髯踑踞，枕麹藉糟；无思无虑，其乐陶陶。兀然而醉，豁尔而醒；静听不闻雷霆之声，熟视不睹泰山之形，不觉寒暑之切肌，利欲之感情。俯观万物，扰扰焉如江汉之载浮萍；二豪侍侧焉，如蜾蠃之与螟蛉。"此文以颂酒为名，表达了超脱世俗、蔑视礼法的鲜明态度。刘伶（221？—300？），字伯伦，沛国（今安徽淮北）人，魏晋时期名士、文学家，"竹林七贤"之一，其嗜酒不羁，被称为"醉侯"，好老庄之学，追求自由逍遥、无为而治，后世以刘伶为蔑视礼法、纵酒避世的典型。

③菖蒲：也叫白菖蒲，藏菖蒲，多年生草木，根状茎粗壮。

第二部

游览类

夜泛湖见月

◇ 龙秋周泽 ◇

夜泛兰舟弄碧波，

水天空豁见嫦娥。

扣弦一曲无人会，

唯有秋风挥棹歌。

【作者简介】

龙秋周泽（1307—1388），南北朝时期汉诗僧。甲斐（今山梨县）人，梦窗疏石的弟子。著有《随得集》传世。

【语汇注解】

①嫦娥：又称姮娥，神话传说中的人物。有时也用来代称为月亮、美少女等。历史上有嫦娥奔月的传说，李商隐的《嫦娥》诗中有"嫦娥应悔偷灵药，碧海青天夜夜心。"的诗句。

②会：在此为领会、理解。陶渊明的《五柳先生传》中有"每有会意，便欣然忘食。"

墨水游春词

◇ 梁川星岩 ◇

新水油油绿一川，
风光几近晒青天。
三围堤下无间柳，
系尽春人晻画船。

【作者简介】

　　梁川星岩（1789—1858），江户时代末期汉诗人。名卯，后名孟纬，字伯兔，后字公图，通称新十郎，美浓国（今岐阜县南部）人，女性汉诗人红兰之夫。曾周游日本列藩，后结"玉池吟社"。安政大狱时被捕，未几患霍乱而死。

【语汇注解】

　　①墨水：隅田川，东京河流，经东京市注入东京湾，今以夏季于沿岸举行之花火大会闻名。

　　②晻：昏暗不明。

回 乡

◇ 梁川星岩 ◇

其 一

绝佳风味聚吾乡，

白首归来满意尝。

好在溪山秋次第，

鳁鱼香老蕈花香。

【语汇注解】

①鳁鱼：沙丁鱼。

②蕈：生长在树林里或草地上的高等菌类植物，伞状，种类很多，有的可食，有的有毒。

其 二

满堂茶靄染衣巾，
重见团栾情话真。
一梦杳然踪已隔，
丽都花月十三春。

【语汇注解】

①团栾：团聚。

②丽都：富丽华美之状。清王韬《读日本东京繁昌记》："窈窕其容，丽都其物。"

③花：泛指美好的景色或时光。唐·白居易《春夜宴席上戏赠裴淄州》："今年相遇莺花月，此夜同欢歌酒筵。"

其 三

天上鸾龙岂不好，
何如戢影混渔樵。
千竿水竹一间屋，
笑比诗人丁卯槁。

【语汇注解】

①鸾龙：比喻帝王或人才。唐武元衡《学仙难》："玉殿笙歌汉帝愁，鸾龙俨驾望瀛洲。"

②戢（jí）影：又作"戢景"，退隐闲居。南朝梁江淹《知己赋》："何远期之未从，痛戢景其如电。"

③渔樵：渔人和樵夫，打渔砍柴，进而指隐居自乐的生活。

④丁卯年：文化四年（清嘉庆十二年，公元1807年）。

⑤槁：草木，枯干。

丙午正月下旬，游岐阜，索诗及书画者杂然麕至，
为之淹留匝月，遂得以及早樱候而赏之，援笔记喜

◇ 梁川星岩 ◇

笔奴能作看花媒，

滞我行笥不放回。

乍寒乍暖过一月，

晚梅渐谢早梅开。

【语汇注解】

　　行笥：出行时所带的箱笼。清·查慎行《元方以爨僮潘姓画松诗索和戏次原韵》："主人文雅仆不俗，行厨行笥随提携。"

将南游留题草舍壁

◇ 梁川星岩 ◇

疏篱矮屋浅沙湾，
若苴余生只合间。
未免营营为饭盘，
一挥弃去故乡山。

【语汇注解】

苴（chá），浮草，枯草。《诗经·大雅·召旻》："草不溃茂，如彼栖苴。"

四月十七日发大垣至长岛舟中作

◇ 梁川星岩 ◇

一蒿烟水碧茫茫，

舟路东连百八乡。

好是南风菰米熟，

家家午甑爨珠香。

【语汇注解】

①大垣：市名，在岐阜县浓尾平野西北，地下水资源丰富，有"水都"美称。

②长岛：旧为岐阜县惠那郡町名，属今岐阜县惠那市。

③菰米：多年生草本植物，产于江苏等地，生于湖泊中，嫩茎称茭白，可做蔬菜，结的果实像米，长一寸多，秋霜过后采摘，皮呈黑褐色，可煮食。

④甑：古代蒸饭的一种瓦器，底部有许多透蒸汽的孔格。

⑤爨：烧火做饭。

五 日

◇ 梁川星岩 ◇

海南气暖不知秋，
一路才西霜已稠。
碎锦团霞来灿烂，
满山红叶入伊州。

【语汇注解】

①海南：四国，旧属南海道。

②伊州：伊贺国，旧令制国之一，属东海道，位于今三重县西部。

掠河观荷

◇ 贯名海屋 ◇

其 一

苒苒芙渠占野塘，
风摇珠露弄清凉。
欣他叠禄留余地，
里有游鱼浮正阳。

【作者简介】

贯名海屋：（1778—1863），名苞，字君茂，别号海仙，海客，林屋，海屋，海叟，菘翁，房竹山人，须静堂主人等，是日本江户时代末期的儒学家，著名的书法家，被后世尊为"近世日本的书圣"。

【语汇注解】

①苒苒：长势茂盛的样子。

②芙渠：荷花的别名。

③叠禄：命理学用语。紫微斗数中限年流禄化禄与原局禄存化禄同宫，称为"叠禄"。

其 二

棹破香云色色新，
光容浴露立清晨。
拘将一朵羞相对，
定似鸱夷载返人。

【语汇注解】

　　鸱夷：鸱夷子皮，春秋越范蠡之号。鸱夷载返人，指越君勾践以西施为亡国尤物，浮西子于江，令随鸱夷以终事。唐杜牧《杜秋娘诗》："西子下姑苏，一舸逐鸱夷。"

其 三

拿红挐翠暂婆娑，
其奈炎晖杲杲何。
若得容与留水曲，
合闻带月采菱歌。

【语汇注解】

　　①挐：互相牵系。

　　②采菱歌：乐府清商曲名。明·朱积《采菱歌》："芳洲摇曳青苹晚，兰桡十里衣香乱，齐搴皓腕松金钏。松金钏，溅罗衣。荡轻桨，月中归。"即为"带月采菱歌"一例。

见前涌泉亭观鸡鶒

◇ 贯名海屋 ◇

其 一

贵游少到忽相猜，

无数驯禽隐碧隈。

也似恼人采莲女，

娇羞不敢出花来。

【语汇注解】

①贵游：泛指显贵者。唐·韦应物《长安道》："贵游谁最贵，卫霍世难比。"

②鸡鶒（chì）：应为鸂（xī）鶒，一作"鸂鶆（lái）"。水鸟名，形大于鸳鸯，多紫色，好并游。唐·温庭筠《菩萨蛮》："翠翘金缕双鸂鶒，水文细起春池碧。"

其 二

翠鬣红衣舜举画，
丹林黄叶樊川诗。
涌泉若不开明镜，
那得一齐权两奇。

【语汇注解】

①翠鬣：鸟头上的绿毛，亦指松针。南朝梁沈约《天渊水鸟应诏赋》："翠鬣紫缨之饰，丹冕绿襟之状。"

②红衣：喻指红色羽毛。唐杜牧《齐安郡后池绝句》："尽日无人看微雨，鸳鸯相对浴红衣。"

③舜举：钱选（1239—1299），字舜举，号玉潭，湖州（今浙江吴兴）人，宋末元初著名画家，"吴兴八俊"之一。其工诗，善书画，人品及画品皆称誉当时。他提倡画中士气，在画上题写诗文或跋语，对后世文人画影响极大。有《山居图》《八花图》等作存世。

④樊川：杜牧（803—852？），字牧之，号樊川居士，京兆万年（今陕西西安）人，唐代著名诗人、散文家，其诗以七言绝句著称，内容以咏史抒怀为主，英发俊爽，多切经世之物，在晚唐成就颇高。樊川诗，或指其作《山行》中"停车坐爱枫林晚，霜叶红于二月花"一句。

舟下鹰沟

◇ 牧韵斋 ◇

鸭河一派如城流，

呼取归舟买半头。

行到七桥初出郭，

满蓬斜日下鹰沟。

【作者简介】

不详。

【语汇注解】

①鸭河：鸭川。京都河流，发源于栈敷岳，东入京都盆地后与高野川汇流，经市内于下鸟羽注入桂川。

②郭：城外围着城的墙。

③蓬：蓬蒿。多年生草本植物，花白色，中心黄色，叶似柳叶，子实有毛。

④鹰沟：或指鸭川支流高濑川。

重游坂本观枫

◇ 牧韵斋 ◇

鬓影萧条霜已寒，
风前抱酒欲归难。
廿年重上停车地，
不似林枫染作舟。

【作者简介】

　　不详。

【语汇注解】

　　坂本：地名，今滋贺县大津市比叡山东麓一带。古来为日吉大社镇座地及延历寺门前町，因毗邻琵琶湖而成为良港。

重赏枫于下村氏山庄

◇ 牧韵斋 ◇

十年重荷此阑干，

枫色依然秋未残。

赢得龟儿来暖酒，

解烧红叶护霜寒。

083

【作者简介】

不详。

【语汇注解】

龟儿：阉儿，或为拈阄。

东山晚归

◇ 牧韵斋 ◇

夕磐沉岚气沉沉，
醉归人散落花风。
斜阳未遽收残影，
留映娇云一抹红。

【作者简介】

不详。

【语汇注解】

①磐：大石，迂回层迭的山石。

②岚：山间的雾气。

③遽：着急，仓促。

高岛归路作

◇ 牧韵斋 ◇

暝色已归林霭中，
比良峰背夕阳空。
余晖却在烟波际，
远帆犹留一片红。

【作者简介】

不详。

【语汇注解】

比良峰：比良山地。位于今滋贺县琵琶湖西岸，最高峰武奈岳，有比叡山、神尔泷等名胜。旧时"比良暮雪"为近江八景之一。大江敬香《近江八景》："坚田落雁比良雪，湖上风光此处收。"

白川山中

◇ 牧韵斋 ◇

峰峦约翠玉簪抽，
山气初寒雨后秋。
石走树飞拦不住，
日车影卷湿云流。

【作者简介】

不详。

【语汇注解】

白川：河名，位于今熊本县中部，发源于阿苏山根子岳，流经熊本平野注入岛原湾。题中"白川山"，应指阿苏山。

高雄观枫

◇ 牧韵斋 ◇

霜余风色胜于霞，
来倚红枫溪上家。
映水夕阳影流动，
锦云堆里走银蛇。

【作者简介】

　　不详。

【语汇注解】

　　高雄：高雄山。位于今京都府京都市右京区，闻名于红叶，有神护寺、清泷川等名胜。

观 莲

◇ 菊池五山 ◇

其 一

万朵芙蓉不染尘，
露花风叶色香匀。
只言周昉画屏似，
道眼看他能几人。

【作者简介】

　　菊池五山（1769—1849），江户末期诗人。名桐孙，字无弦，通称佐太夫，号五山、娱庵，赞岐国高松（今香川县高松市）人。早年入昌平坂学问所学诗，后参加"江湖诗社"，以诗会友。文化四年（1807年，清嘉庆十二年）受清袁枚《随园诗话》影响，始发刊《五山堂诗话》，后陆续刊行十五卷，对江户诗坛影响巨大，所作见于《文政十七家绝句》《天保三十六家绝句》等集中。

【语汇注解】

　　周昉（生卒年不详），唐代著名画家，字仲朗，景玄，京兆人，出身显贵，能书，擅画人物，佛像。他是中唐时期继吴道子之后的重要人物画家，其《簪花侍女图》是中国绘画艺术的传世之作。

其二

僧窗昼永暑风凉，
品画评诗到夕阳。
也是沙禽聚无数，
与人同占藕花香。

【语汇注解】

①沙禽：沙洲上的水鸟。唐刘长卿《却归睦州至七里滩下作》："江树临洲晚，沙禽对水寒。"

②藕花：别名菡萏，芙蓉，六月春，水芸，红蕖水华，荷花，溪客，碧环，玉环，鞭蓉，鞭蕖，水旦等。

樵路早蕨

◇ 和歌题 ◇

雨洗烧痕及涧陲，
蕨芽香软足支饥。
樵翁元爱清斋味，
不比猎家宵煮麋。

【作者简介】

不详。

【语汇注解】

①早蕨：指蕨属植物的幼苗，可供食用，味道鲜美。早蕨为和歌所吟季语之一，亦为《源氏物语》第四十八帖之题名。《万叶集》卷八《志贵皇子欢御歌一首》："石激 垂见之上乃 左和良姚乃 毛要出春尔 成来鸭"，即为吟咏初萌早蕨（左和良姚）之名句。

②和歌：和歌是日本的一种诗歌，是由古代中国的乐府诗经过不断日本化发展而来。包括长歌、短歌、片歌、连歌等。

③涧：山间流水的沟。

④陲：边境，国境，靠边界的地方。

游梅庄

◇ 安积艮斋 ◇

篱外相看眼忽明，
满园香雪媚春晴。
夜来不知花无恙，
枉费门心恨雨声。

【作者简介】

安积艮斋（1791—1860），江户末期儒学者。名重信，字思顺，号见山楼，通称佑助，陆奥国安积郡（今福岛县郡山市）人。生于神职之家，少时赴江户，苦学力行，学成后于神田骏河台设私塾，晚年任昌平坂学问所教授，门下多出英才。艮斋工于诗文，有《见山楼诗集》《艮斋文略》等作传世。

游富士山

◇ 安积艮斋 ◇

秦皇采药竟难逢，
东海仙山是此峰。
万古天风吹不折，
青空云朵玉芙蓉。

【语汇注解】

富士山：横跨静冈县及山梨县的活火山，日本最高峰，日本国家象征之一，自古以来即受到文人、画家的喜爱，并被神格化为"浅间大神"。

登筑波山绝顶

◇ 安积艮斋 ◇

突兀数峰奇欲飞，

云中鸡犬掩柴扉。

仙翁曳杖溪桥上，

应是人间卖柴还。

【语汇注解】

筑波山：位于日本茨城县的中央，是北关东地区最著名的自然景点之一，其优美的山体常常被拿来同富士山相比，素有"西富士，东筑波"的美称。

偕玉光宜游伊豆归途踰函根赋示

◇ 安积艮斋 ◇

羊肠阪路雨模糊，

似剑湖风冷裂肤。

历尽豆州千叠松，

始知函岭是平途。

【语汇注解】

①伊豆：伊豆国，旧令制国之一，属东海道，辖伊豆半岛及伊豆诸岛，今分属静冈县及东京都。

②踰：同逾，越过，超过的意思。

③函根：箱根，在神奈川县西南箱根山麓，自古为东海道要冲，有"天下之险"之称，以箱根温泉、芦之湖等名胜闻名。

④豆州：伊豆国。

⑤函岭：箱根山，为跨神奈川县及静冈县之火山。

过绢川

◇ 安积艮斋 ◇

浮树炊烟远欲无，

平沙人散鸟相呼。

千峰落日凝金碧，

小李将军着色图。

【语汇注解】

①绢川：衣川，位于岩手县奥州市，为北上川支流。

②小李将军：李昭道（675—758），字希俊，陇西成纪（今甘肃秦安）人，唐代画家，官至太子中舍人。其父李思训（651—716）亦为著名画家，曾受封为右武卫将军，人称"大李将军"，而李昭道曾任扬州都督府参军，故称"小李将军"。擅长青绿山水，兼善鸟兽、楼台、人物，并创海景，画风巧赡精致，繁复纤细。有《春山行旅图》轴传世。

夜下刀根川

◇ 安积艮斋 ◇

缺月雪遮天欲雨，

隔江灯火医还明。

夜深酒醒眠难就，

风苇萧萧答舻声。

【语汇注解】

    ①刀根川：利根川，日本国内第二长河，发源于群马县大水上山，经关东平原，于千叶县铫子市和茨城县神栖市间入海。

    ②舻：船头。舳舻：船头和船尾的并称，多泛指前后首尾相接的船。

木更津舟中所见

◇ 安积艮斋 ◇

苍茫烟水似乘虚，

不识何边是里闾。

篝火照波明可数，

小罾漉出面条鱼。

【语汇注解】

　　①木更津：港名，在今千叶县木更津市，日本三大港湾之一，自古以来即为集散物资的良港。

　　②里闾：里巷，乡里，故里。泛指民间。

　　③漉：液体慢慢地渗出，滤过。

　　④面条鱼：学名玉筋鱼，又称银鱼，北方重要经济鱼类之一，味鲜美。清·潘荣陛《帝京岁时纪胜》："至于小葱炒面条鱼，芦笋脍鲦花，勒鲞和羹，又不必忆莼鲈矣。"

游王子川

◇ 安积艮斋 ◇

露浅风微细径清，
野花红白不知名。
纷纷蛱蝶飞还下，
人在滕王画里行。

【语汇注解】

①王子川：又名音无川，位于东京都北区，因污染严重，今已成为地下水道，名"石神井用水"。

②滕王：李元婴（629—684），唐高祖李渊第二十二子，初封于山东滕州，故为滕王。史载其善丹青，喜作蛱蝶，"能巧之外，曲尽精理"（北宋《宣和画谱》）。后因以"滕王画"为咏蝶典故。唐·王建《宫词一百首》："内中数日无呼唤，揭得滕王蛱蝶图。"

春日游墨水有感

◇ 安积艮斋 ◇

吟屐偶寻江上春，

墅梅堤柳却伤神。

当年携酒看花友，

尽是青苔墓下人。

【语汇注解】

吟屐：典出南朝宋诗人谢灵运事。史载其"寻山涉岭，必造幽峻，岩嶂千重，莫不备尽。登蹑常着木履，上山则去前齿，下山去其后齿"（《宋书·谢灵运列传》）。后以"吟屐"代指诗人出游。南宋·姜夔《蓦山溪·题钱氏溪月》："与鸥为客，绿野留吟屐。"

夜下深水

◇ 安积艮斋 ◇

月黑篝灯认渔户，

曾无弦索奏新谱。

诗人不管海乘移，

卧听萧萧篷背雨。

【语汇注解】

①深水：或为深川，位于今东京都江东区西，南为东京湾。

②萧萧：形容马嘶鸣声，冷落凄清的样子。

③篷：遮蔽风雨和阳光的东西，用竹篾，苇席，布等做成。也特指船帆。

昌平桥纳凉

◇ 野田笛浦 ◇

夏云擘絮月斜明，

细葛含风步步轻。

数点篝灯桥外市，

笼虫一檐卖秋声。

101

【作者简介】

　　野田笛浦（1799—1859），江户末期儒学者、文学家，"文章四名家"之一。名逸，字子明，号海红园，通称希一，丹后国田边（今京都府舞鹤市）人。生于藩士之家，曾任田边藩家老，尽力于藩政改革。有著作《笛浦诗文集》《北越诗草》等。

【语汇注解】

　　①昌平桥：位于今东京都千代田区神田川上，始建于宽永年间，以孔子诞生地昌平乡命名。

　　②葛：是一种植物，可用来织布，细葛，指用最细最好的葛丝做的布。

　　③篝灯：谓置灯于笼中。北宋·王安石《书定林院窗》："竹鸡呼我出华胥，起灭篝灯拥燎炉。"

复月八日过市场村

◇ 野田笛浦 ◇

一条寒水几家村，

野碓冬春不复喧。

残照红收天漆黑，

归鸦半被冻云残。

【语汇注解】

　　①复月：阳复，阴历十一月之异称，源于《周易》中十二辟卦之复卦。明·高启《冬至夜喜逢徐七》："雪明窗促曙，阳复座销寒。"

　　②市场村：在今京都府与谢野町。

　　③碓：木石做成的捣米器具。

　　④春：捣粟也，把米放在石臼或钵里捣掉皮壳或捣碎。

七月既望泛舟于墨水

◇ 野田笛浦 ◇

其 一

瓜皮泛水与鸥轻，

放尽秋风自在行。

节过中元才一夜，

初凉先向月边生。

【语汇注解】

①既望：指望日的次日，通常指阴历每月十六日。北宋·苏轼《赤壁赋》："壬戌之秋，七月既望，苏子与客泛舟游于赤壁之下。"

②瓜皮：瓜皮船，一种简陋的小木船。《北堂书钞》卷一三七引晋王濬《杂讼》："瓜皮船本图以仓卒用之耳，宁可以深入敌境耶！"

③中元：指阴历七月十五日，旧时道观于此日作斋醮，僧寺作盂兰盆会，民俗亦有祭祀亡故亲人等活动。唐·令狐楚《中元日赠张尊师》："偶来人世值中元，不献玄都永日闲。"

其 二

我意所之舟亦之，
满江秋水碧玻璃。
纷纷襶襶城中客，
如此清风吹不知。

【语汇注解】

襶襶（nài dài），谓炎暑戴笠，亦指衣服粗厚臃肿貌，比喻愚蠢无能。南宋·陆游《夏日》："赤日黄尘襶襶忙，放翁湖上独相羊。"

春首公园所见

◇ 野田笛浦 ◇

几队春凫趁落晖，
碧栏干外近人飞。
公园无复金丸恐，
浴得恩波不敢归。

【语汇注解】

①春首：喻初春。唐韩愈《为宰相贺雪表》："今年春首，宿麦未滋。"

②金丸：金制的弹丸，此处或典出《西京杂记》卷四西汉韩嫣事："韩嫣好弹，常以金为丸，所失者日有十余。长安为之语曰：'苦饥寒，逐金丸。'京师儿童每闻嫣出弹，辄随之，望丸之所落，辄拾焉。"唐·杜牧《长安杂题长句》："韩嫣金丸莎覆绿，许公鞲汗杏黏红。"

③恩波：谓帝王之恩泽。唐·刘驾《长门怨》："御泉长绕凤凰楼，只是恩波别处流。"

奉陪冈侯游骊庄，侯命书所见

◇ 西岛兰溪 ◇

之字山蹊行欲无，

下看池水碧荣纤。

轻舟隐见红枫际，

想像吴江人卖鲈。

【作者简介】

西岛兰溪（1781—1853），江户末期儒学者。本姓下条，名长孙，字元龄，号兰溪，江户（今东京都）人。兰溪博涉群书，好与名士交游，精于校勘之学。著述颇丰，有《坤斋日抄》《敝帚诗话》等传世。

【语汇注解】

①冈侯：或为丰后国冈藩（今大分县）第十一代藩主中川久教（1800—1840），本姓井伊，近江（今滋贺县）人，官至从五位下修理大夫。

②吴江人卖鲈：典出西晋·张翰《思吴江歌》："秋风起兮木叶飞，吴江水兮鲈正肥。"吴江以鲈鱼闻名于世，史载张翰"因见秋风起，乃思吴中菰菜、莼羹、鲈鱼脍，曰：'人生贵适志，何能羁宦数千里，以邀名爵乎？'遂命驾而归。"故后世以"莼鲈之思"代指思乡之情。

月夜下墨水

◇ 西岛兰溪 ◇

其一

萤池梅冢白须祠，
冷炙残杯游倦时。
月在天心人在舫，
秋风吹彻玉参差。

【语汇注解】

①梅冢：或指梅若冢，位于隅田川东岸木母寺内，相传为吉田惟房之子梅若丸之墓。传说梅若丸为平安时代京都少将吉田惟房之子。惟房早逝，其妻花御膳送子至比叡山月林寺修行。梅若丸年幼，不堪与山僧相争，出逃大津，为人诱拐，不堪跋涉，于贞元元年（宋开宝九年，公元976年）夭折于隅田川东岸。后其母不胜悲痛，投水自尽。此传说经后世演绎闻名，民间将其神格化为"梅若山王权现"，亦有谣曲及净琉璃数种据其改编。

②白须祠：指位于今东京都墨田区的白须神社，始建于天历五年（公元951年），主祀猿田彦命。

其 二

江天一色上秋潮，

玩月水程遥又遥。

酒幔高楼难记数，

轻舟已过第三桥。

【语汇注解】

①第三桥：新大桥，位于隅田川上，始建于元禄六年（清康熙三十三年，公元1694年），今为千叶县道的一部分。

②酒幔：酒店门前所悬的布招子。唐·窦叔向《夏夜宿表兄话旧》诗："明朝又是孤舟别，愁间河桥酒幔青。"

晚过万年桥

◇ 西岛兰溪 ◇

日落寒江镜面平，

白鸥飞尽布帆行。

弯弯侧立初三月，

映带西红照夜明。

【语汇注解】

万年桥：位于今东京都江东区小名木川上，约始建于延宝八年（清康熙十九年，公元1680年）。

秋晴马上

◇ 西岛兰溪 ◇

独骑款段静吟诗，
三上从来适叩推。
点尾蜻蜓忙若个，
趁它行潦未干时。

【语汇注解】

　①款段：喻马行迟缓貌，借指马，亦借指居官低下。唐刘湾《对雨愁闷寄钱大郎中》："龙钟驱款段，到处倍思君。"

　②叩推：喻斟酌推敲。夏目漱石《鸿台》："一叩一推人不答，惊鸦撩乱掠门飞。"

　③若个：何处，什么。唐·贾岛《盐池院观鹿》："条峰五老势相连，此鹿来从若个边。"

　④行潦：沟中流水。《诗经·召南·采苹》："于以采藻？于彼行潦。"

同坪井冬树墨水纳凉

◇ 西岛兰溪 ◇

瓜皮小艇得凉多，

更抱残杯浴碧波。

伸脚曲肱浑适意，

公门虽大鞠躬过。

【语汇注解】

①坪井冬树：坪井信道（1795—1848），名道，号诚轩、冬树，美浓国揖斐郡（今岐阜县揖斐郡）人，江户末期兰方医，生于农家，后学兰儒二学，于江户深川开设兰学塾安怀堂，门人辈出，名医绪方洪庵即出于其门下。亦任长州藩侍医，有兰学译著多种。

②公门：指官署。唐·韦应物《授衣还田里》："公门悬甲令，浣濯遂其私。"

结城途上望筑波山

◇ 大沼枕山 ◇

衣饮相驱往复回，

一双秀色好怀开。

不须更说营生事，

只为名山也合来。

【作者简介】

大沼枕山（1818—1891），江户末期、明治前期汉诗人。通称舍吉，名厚，字子寿，号枕山，江户（今东京都）人。师从菊池五山（1772—1855），后创办"下谷吟社"传授诗学作法。著有《房山集》《咏史绝句》《诗学明辨》《观月小稿》《枕山诗钞》等。

【语汇注解】

①结城：地名，位于今茨城县鬼怒川西岸，江户时为水野氏城下町。自古蚕业兴盛，有结城绸等特产。

②筑波山：位于今茨城县筑波市北，山形优美，有"西富士，东筑波"之称。纪淑望《古今和歌集·真名序》："仁流秋津岛之外，惠茂筑波山之阴。"

将游筑波山雨中发霞浦

◇ 大沼枕山 ◇

脚为游山步步轻，

一蓑冲雨出湖城。

翠鬟罗立烟云里，

已有群仙抗手迎。

· 113 ·

【语汇注解】

①霞浦：位于今茨城县东南，日本第二大淡水湖。

②翠鬟：古代女子环形发式，喻指秀丽的山峦。南宋·杨万里《题王亚夫检正岘湖堂》："翠鬟夜欲凌波去，玉镜晨当扫黛初。"

游房州舟中

◇ 大沼枕山 ◇

滩光山影斗清奇，

短艇飘然画里移。

孤店夕阳来系缆，

匹如老陆泊松滋。

【语汇注解】

①房州：安房国，旧令制国之一，属东海道，位于今千叶县房总半岛南端。

②松滋：中国地名，今湖北省松滋市，自古为长江渡口；老陆泊松滋，或指南宋·陆游《晚泊松滋渡口》二首，其一作："此行何处不艰难，寸寸强弓且旋弯。县近欢欣初得菜，江回徙倚忽逢山。系船日落松滋渡，跋马云埋滟滪关。未满百年均是客，不须数日待东还。"其二作："小滩拍拍鸬鹚飞，深竹萧萧杜宇悲。看镜不堪衰病后，系船最好夕阳时。生涯落魄惟耽酒，客路苍茫自咏诗。莫问长安在何许，乱山孤店是松滋。"

游金川

◇ 大沼枕山 ◇

其一

家家楼影蘸晴湾，

栏外波明碧玉环。

一幅云烟谁写得，

夕阳粉本总州山。

【语汇注解】

①金川：帷子川，位于今神奈川县横滨市，因其水呈铁锈色，故有"金川"之别名。

②粉本：古人作画，先施粉上样，然后依样落笔，故称画稿为粉本，此处指图画。清·曹寅《寄姜绮季客江右》："九日篱花犹寂寞，六朝粉本渐模糊。"

③总州：亦称两总，即上总国及下总国，旧令制国名，上总亦称"北总"，下总亦称"南总"，位于今茨城县西部。

其 二

舟追潮信出旗亭，
日落篷窗暮色青。
天末余霞红未敛，
远山如醉近山醒。

【语汇注解】

　　旗亭：此处指酒楼。唐·刘禹锡《武陵观火诗》："光县与琴焦，旗亭无酒濡。"

戏咏樱花

◇ 大沼枕山 ◇

清宜春雨艳春晴，
绝胜浓红满锦城。
若使放翁生此土，
海棠不爱爱山樱。

【语汇注解】

放翁：南宋爱国诗人陆游（1125—1210），字务观，号放翁。他极爱海棠，曾创作咏海棠诗四十余首，有"海棠颠"之称。其《花时遍游诸家园》其一云："看花南陌复东阡，晓露初干日正妍。走马碧鸡坊里去，市人唤作海棠颠。"其二云："为爱名花抵死狂，只愁风日损红芳。绿章夜奏通明殿，乞借春阴护海棠。"均极言海棠之爱。

东山花下吟

◇ 大沼枕山 ◇

百度千回岂厌看，
温然春意有余欢。
交游谁似此花旧，
三十年来盟不寒。

【语汇注解】

　　东山：或为京都东山，指北起比叡山、南至稻荷山的山系，共有三十六峰，主峰如意岳，自古以来即有盛名。

二日快晴，朝山梅庵拉余游米津采竹蛏，戏赋二绝句

◇ 石川竹厓 ◇

其 一

半身出壳玉垂垂，

不止形奇味亦奇。

趁霁春游人似蚁，

沙汀十里落潮时。

【作者简介】

石川竹厓（1794—1844），江户末期儒学者。名之裘，字士尚，号竹厓，通称贞一郎，近江国（今滋贺县）人，曾任伊势津藩校讲官。著有《广益名物六帖》。

【语汇注解】

①朝山梅庵：或为木下梅庵（生卒年不详），名建，字立夫，号方外道人，通称健藏，江户末期诗人，有著作《江户名物诗》。

②米津：地名，位于今爱知县西尾市。

③竹蛏（chēng），一种栖息于浅海的贝类，肉味鲜美。谢金銮《台湾竹枝词·其二十》："风味初尝到竹蛏，江瑶应与共功名。"

④霁：雨雪停止，天放晴。

其 二

细管护身泥里潜，
穴居不许水禽觇。
突然跃入渔人手，
诡计才因半撮盐。

【语汇注解】

①觇（chān），犹觊觎。明·沈周《虎来》："起从壁孔稍窥觇，恰有微月映屋缺。"

②半撮盐：竹蛏生活于浅滩穴中，撒盐于其内，即可捕得。

赁舟鲡泽赴中川途中作

◇ 石川竹厓 ◇

晚风猎猎萩声干，

一棹斜阳碎紫澜。

急唤他舟借茶灶，

手温瓶酒御星寒。

【语汇注解】

①鲡泽：或为鳗泽，指禁止渔猎鳗鱼的水域。

②中川：河名，发源于今埼玉县羽生市，流经东京注入东京湾。

③猎猎：形容风声或风吹动旗帜等的声音。

④棹：划船的一种工具，形状和桨类似。也指船。

⑤紫澜：喻海潮。清·吴兴成《初到澎湖歌》："新秋来澎岛，风挂紫澜旌。"

⑥星寒：喻夜寒。北宋·张伯玉《七里滩》："漱玉鸣珠七里滩，到今犹照客星寒。"

行德盐场

◇ 石川竹厓 ◇

平沙画井海潮连，

干雪成堆醝灶烟。

记得渔洋感旧集，

数篇明细说盐田。

【语汇注解】

　　①德盐场：德岛盐田。江户时代濑户内海沿岸盐业发达，自阿波国（今德岛县）至伊豫国（今爱媛县），称"十州盐田"，年制盐量达四百石，占全国九成。今有鸣门盐田公园遗迹存世。

　　②醝（cuó）灶：煮盐用的大锅。南宋·宋伯仁《寄海安林监镇》："目穷醝灶烟初息，梦想亭沙雨未干。"

归路舟中作

◇ 石川竹厓 ◇

渚鸿断续叫长天，
岸树高低带草烟。
芦萩声边风淅淅，
一篷寒雨下刀川。

【语汇注解】

①渚鸿：唐代李体仁的作品："漠漠微霜夕，翩翩出渚鸿。"指大的水鸟。

②芦萩：芦竹，玉竹，禾本科，为多年生挺水型水生草本植物，株高达2米，具有粗而多节的根状茎。地上茎通直，有节，表皮光滑。

③淅淅：象声词，形容轻微的风雨声。

④篷：用竹篾、苇席和布做成的遮蔽风雨的东西。特指船帆。

⑤刀川：河名，利根川。利根川词源今有诸说，《万叶集》中称"刀祢河泊"，或来自水源地大水上山之别称"刀岭岳"，故汉字表记亦作"刀祢川"。

界浦途中

◇ 筱崎小竹 ◇

海天未暮月扬辉，
帆影投津潮没矶。
忆起壮年乘醉兴，
钓鲨几度夜深归。

【作者简介】

筱崎小竹（1781—1851），江户时代末期的儒者。大阪人，筱崎三岛的养子，本姓加藤，名弼，字承弼，通称长左卫门，号畏堂。曾于江户的著名儒者尾藤二洲的古贺精里学习诗文，以诗文、书法闻名于海内外，时人竞相邀书，同时也是重要的藏书大家，著作《小竹斋文稿》等。

【语汇注解】

界浦：堺浦，今大阪府堺市，位于大阪府南部。

下大和川

◇ 筱崎小竹 ◇

楠公旧迹昨来搜，

困倦乘船下急流。

地势犹怀当日事，

摄河尽处是泉州。

125

【语汇注解】

①大和川：河名，发源于今奈良县樱井市东贝平山，上游称初濑川，西经奈良盆地注入大阪湾。

②楠公：楠木正成（？—1336），镰仓末期到南北朝时期著名武将。他一生竭力效忠后醍醐天皇，征战南北，最后于凑川之战中阵殁。楠木正成被后世评为日本史上最为杰出的战略家，亦被神化为"楠木明神"，其兵学被称为"楠木流"，遗言"七生报国"在近代成为日本军国主义的精神格言之一。

③旧迹：今大阪府河内长野市有观心寺、金刚寺等与楠木正成事迹相关的建筑。

④摄河：摄津国与河内国，均为属畿内的旧令制国，摄津国位于今大阪府北部及兵库县东南，河内国位于今大阪府东部。

⑤泉州：和泉国，旧令制国之一，位于今大阪府西南。

岚山雨景

◇ 筱崎小竹 ◇

急雨沛然花散风，
游人去尽水西东。
烟云变幻山奇绝，
附与桥头一钓翁。

【语汇注解】

岚山：山名，位于今京都府京都市桂川右岸，自古以来即为赏樱及赏枫的名所，尤其以秋日漫山遍野的红叶为最美，另有渡月桥等。1919年4月，赴日留学的周恩来曾在岚山游览，并撰写白话诗四首，其中以《雨中岚山—日本京都》最为知名。诗云："雨中二次游岚山，两岸苍松，夹着几株樱。到尽处突见一山高，流出泉水绿如许，绕石照人。潇潇雨，雾蒙浓；一线阳光穿云出，愈见姣妍。人间的万象真理，愈求愈模糊；——模糊中偶然见着一点光明，真愈觉姣妍。"今于岚山龟山公园立有诗碑。

淡岛海市

◇ 筱崎小竹 ◇

雨云拥岛晓空濛，

闻昔凶徒窟此中。

请看楼台浮幻影，

须臾漠漠散天风。

127

【作者简介】

见前页。

【语汇注解】

①淡岛：应为淡路岛，位于濑户内海东部，今属兵库县。日本神话中以淡路岛为创世神伊邪那岐及伊邪那美所造岛屿之首。《日本书纪》卷一："伊奘诺尊、伊奘冉尊……阴阳始媾合为夫妇。及至产时，先以淡路洲为胞，意所不快，故名之曰淡路洲。"

②海市：海市蜃楼。北宋·米芾《蝶恋花》："霭霭春和生海市。鳌戴三山，顷刻随轮至。"

途 上

◇ 后藤春草 ◇

松坂北去是津城，
丝肉楼楼滞客行。
吾口流涎唯一事，
旗亭酒印摄州名。

【作者简介】

后藤春草，后藤松阴（1797—1864），江户末期汉诗人。名机，字世张，号春草，通称春藏，美浓国大垣（今岐阜县大垣市）人。幼有神童之名，少时师从赖山阳，随其西游。后于大阪设塾，以文称名。著有《春草诗抄》《松阴诗稿》等。

【语汇注解】

①松坂：松阪，位于今三重县中部，面向伊势湾，自古商业发达。

②津城：津市，位于今三重县中部。

③丝肉：指乐声和歌声。清·黄景仁《陌上行》："归来笑脱紫貂裘，更拥红妆出丝肉。"

④酒印摄州：江户时代摄津以酿酒闻名，其所产伊丹酒远近闻名，曾作为幕府将军的御膳酒。

四日市同伊达子奂、原文圃游霞浦，是地春夏之交，往往现海市云。

◇ 后藤春草 ◇

春水如油雨始干，

闻他蜃气秘奇观。

谁能唤起鬐仙得，

祷出重楼翠阜看。

【语汇注解】

①四日市：地名，即今四日市市，位于今三重县北部，今为重要工业城市。

②伊达子奂：江户末期文人，传未详，或即为儒医伊达周祯。赖山阳有《题伊达子奂藏清人花卉卷》诗。

③原文圃：事迹不详。

④翠阜：指碧绿的山丘。北宋·苏轼《登州海市》："重楼翠阜出霜晓，异事惊倒百岁翁。"后二句即化用苏轼此诗而得。

圆龟还下村舟中

◇ 后藤春草 ◇

江南江北七十程，
大舟快橹夜三更。
枕楼醉掬波间月，
身在金龙背上行。

【语汇注解】

　　金龙：指秋季。

夏夜下淀江

◇ 后藤春草 ◇

吴乡百里浪华城，

吟弄金波不耐清。

剖苇亦怜江月好，

两涯啼彻彻天明。

【语汇注解】

①吴乡：即吴市，位于今广岛县西南，南邻濑户内海，为自古以来的海军重镇。

②浪华：大阪的古称，特指今大阪市上町台地北部。亦作浪花、浪速、难波，万叶假名作奈仁波。

③剖苇：鸟名，即鸱鹩（diāo liáo）。《尔雅》卷十："鸱鹩，剖苇。"晋·郭璞注："好剖苇皮，食其中虫，因名云。江东呼芦虎，似雀，青斑，长尾。"

野上村

◇ 后藤春草 ◇

桑麻何处问行宫，
想见湖桥争战锋。
君看点检让光义，
正统他年属孝宗。

【语汇注解】

①野上村：位于今岐阜县不破郡关原町野上，被推定为大海人皇子行宫所在地。天武元年（唐咸亨三年，公元672年）六月，天智天皇之子大友皇子及其胞弟大海人皇子为争位继承权而起的内乱。大海人皇子初隐居于吉野宫（位于今奈良县南），天智天皇死后，经伊贺、伊势入美浓，制服东国后，在近江势多大破大友皇子军队。大友皇子败走，于山中自缢，史称"壬申之乱"。

②点检让光义：指开宝六年（公元976年）宋太宗赵光义弑兄即位之传说。明·陈邦瞻《宋史纪事本末》卷十："冬十月，帝有疾。壬午夜，大雪，帝召晋王光义，嘱以后事，左右皆不得闻，但遥见烛影下晋王时或离席，若有逊避之状。既而上引柱斧戳地，大声谓晋王曰：'好为之！'俄而帝崩，时漏下四鼓矣。宋皇后见晋王愕然，连呼曰：'吾母子之命，皆托于官家！'晋王泣曰：'共保富贵，无忧也。'甲寅，晋王光义即皇帝位，改名炅。"此说疑点极多，至今颇有争议。

③孝宗：宋孝宗赵眘（shèn），因其为宋太祖赵匡胤七世孙，故称"正统"。《宋史·本纪第三十五》："高宗以公天下之心，择太祖之后而立之，乃得孝宗之贤，聪明英毅，卓然为南渡诸帝之称首，可谓难矣哉！"

自浪华至左海途中即瞩

◇ 奥野小山 ◇

其 一

群松疏处风帆白，

独鹤翻边海雾青。

界浦鱼商争人贩，

满篮鳞鬣满途腥。

【作者简介】

　　奥野小山（1800—1858），江户末期儒学者。名纯，字温夫，号寸碧楼、胖庵，通称弥太郎，大坂（今大阪府）人，曾仕于和泉国伯太藩（今大阪府和泉市），后入近江国三上藩（今滋贺县野洲市），教育藩士子弟。著有《小山堂诗文集》等。

【语汇注解】

　　①左海：地名，今堺市。

　　②鳞鬣：龙的鳞片和鬣毛，代指鱼。五代·僧齐己《池上感兴》："碧底红鳞鬣，澄边白羽翰。"

其 二

眸端山影晚依微，
头上云横两未飞。
鸣铎铮铮闻在近，
马夫却跨马鞍归。

【语汇注解】

　①鸣铎：风铃。明·徐渭《寄谢学师张先生见慰》："海天鸣铎入山城，独剑孤琴傍马行。"

　②铮铮：金属撞击声。

大和桥春望

◇ 奥野小山 ◇

鹧鹈双泛水中央，

一雨摧花洒野塘。

从是农功忙可想，

麦田十里淡含黄。

【语汇注解】

①大和桥：位于今大阪府大和川上，始建于宝永元年（清康熙四十三年，公元1704年），沟通大阪市住之江区和堺市堺区。

②鹧鹈（pì tī），一种水鸟，亦作"鹧鹈"。唐·罗邺《南行》："腊晴江暖鹧鹈飞，梅雪香黏越女衣。"

界 浦

◇ 奥野小山 ◇

海湾别辟温柔乡，
新酿酴摩唤客尝。
无端一阵晚风急，
吹落缕缕脂粉香。

【语汇注解】

　　酴摩：应为酴醾（tú mí），亦作酴釄、酴醾，重酿的酒，亦有蔷薇科灌木，因其花色黄如酒，故以其命名，今多作"荼蘼"。唐·贾至《春思二首·其二》："红粉当垆弱柳垂，金花腊酒解酴醾。"

雪夜溯淀川

◇ 奥野小山 ◇

北风送雪响孤篷，
一夜如筛种几重。
预喜明朝洛阳道，
仰看三十六银峰。

【语汇注解】

①溯：逆着水流的方向走。

②洛阳：此处指日本的京都。桓武天皇于延历朝建平安京，西侧右京称长安，东侧左京称洛阳，后右京废，以洛阳代指京都。今日日语中称京都市内为"洛中"，京郊为"洛外"，赴京都为"上洛"。

③三十六银峰：指东山三十六峰，位于京都盆地东侧，自北向南分别为比叡山、御生山、赤山、修学院山、叶山、一乘寺山、茶山、瓜生山、北白川山、月待山、如意岳、吉田山、紫云山、善气山、椿峰、若王子山、南禅寺山、大日山、神明山、粟田山、华顶山、圆山、长乐寺山、双林寺山、东大谷山、高台寺山、灵鹫山、鸟边山、清水山、清闲寺山、阿弥陀峰、今熊野山、泉山、惠日山、光明峰、稻荷山，以如意岳为主峰，多有社寺，为自古以来的观光名所。

散步近村

◇ 奥野小山 ◇

晚来日淡禽无影，
旱后禾苏雨有灵。
蜡屐寻诗路犹湿，
脚边飞绕赤蜻蜓。

【语汇注解】

蜡屐：以蜡途木屐，亦指悠闲而无所作为的生活。典出南朝宋·刘义庆《世说新语·雅量第六》："或有诣阮（阮孚），见自吹火蜡屐，因叹曰：'未知一生当着几量屐！'神色闲畅。"北宋·苏舜钦《关都官孤山四照阁》："他年君挂朱轓后，蜡屐邛枝伴此行。"

居府内侯驾游春日别馆

◇ 广濑淡窗 ◇

其一

青松树下白沙堆，

海媚山明望远哉。

看得吾公无疾病，

泮宫游子雪宫来。

【作者简介】

广濑淡窗（1782—1856），江户末期儒学者、诗人、教育家。名建，字子基，号苓阳、青溪，谥文玄先生，通称求马，丰后国日田（今大分县日田市）人，生于商家，少入福冈龟井塾学儒，后称病归乡，开设私塾咸宜园，以敬天修德为旨，广收弟子。淡窗治学严谨，通古今和汉之书，博百家之众长，对日本教育史影响深远。其诗风枯淡高雅，为时人所崇。著有《远思楼诗钞》《万善簿》等。

【语汇注解】

①府内：丰后国（今大分县）藩名，藩厅位于今大分县大分市。府内侯，或指府内藩第七代藩主松平近义（1770—1807），官至从五位下主膳正。

②春日：应指今奈良县奈良市春日野町一带，以"春日野鹿"为"南都八景"闻名。

③泮宫：周时国家最高学府，后泛指学校。《诗经·鲁颂·泮水》："既作泮宫，淮夷攸服。"

④雪宫：战国时齐国的离宫名，宫内陈设华丽。唐·罗邺《览陈丕卷》："雪宫词客燕宫游，一轴烟花象外搜。"

其 二

使君年少爱风流，

政暇何妨试豫游。

夹道万人齐仰首，

今骑白马昨黄骝。

【语汇注解】

①豫游：喻游乐。唐·宋之问《奉和圣制闰九月九日登庄严总持二寺阁》："豫游多景福，梵宇日生光。"

②黄骝：黄色的良马。《新五代史·东汉世家·刘旻》："旻独乘契丹黄骝，自雕窠岭间道驰去。"

柳阴游驹

◇ 草场佩川 ◇

晚凉随意淡前川，

相逐何曾污背肩。

野逸未知羁靮苦，

骣骑莫漫折杨鞭。

【作者简介】

草场佩川（1787—1867），江户末期儒学者、诗人。名韡，字棣芳，号索绚、濯缨堂主人，通称瑳助，肥前国多久町（今佐贺县多久市）人，生于藩士之家，早年入佐贺藩校弘道馆学习，后赴江户，师从儒者古贺精里。学成回藩任儒官，深受藩主信任。有诗名，亦长于墨竹画。著有《佩川诗钞》。

【语汇注解】

①羁靮（dí），马络头和缰绳，喻束缚。唐·陆龟蒙《奉酬袭美先辈初夏见寄次韵》："闲心放羁靮，醉脚从欹倾。"

②骣：骑马不加鞍辔。

晓行

◇ 草场佩川 ◇

载星草笠露寒轻，
山雾破边钟数声。
这里景光苏相手，
半模画意半诗情。

【语汇注解】

苏相：应指北宋文学家苏轼（1037—1101），字子瞻，号东坡居士，谥文忠。眉州眉山（今四川省眉山市）人，北宋著名文学家、书法家、画家，北宋中期的文坛领袖。

观 枫

◇ 草场佩川 ◇

曾登古道照颜楼，

转眼空经十二秋。

今日观枫陪泮水，

霜华偏满贱人头。

【语汇注解】

泮水：古代学宫前的水池，形状如半月。

夜自寺井津归

◇ 草场佩川 ◇

一堂欢宴谢银釭，

鸣雁俦余起暮江。

平野苍茫烟水似，

舆帘候月讶船窗。

【语汇注解】

①寺井津：地名，位于今佐贺县佐贺市诸富町，为有明海水域的一部分。

②银釭（gāng），银质的灯台，代指灯。北宋·晏几道《鹧鸪天》："今宵剩把银釭照，犹恐相逢是梦中。"

③俦：同辈，伴侣。

阿大兄游南海而归

◇ 草场佩川 ◇

去岁北游今岁南，

归来复有底奇谈。

鲸鱼趵浪喷潮势，

熟与蛮帆碧落参。

【语汇注解】

①南海：这里指的是日本南海道，旧时五畿七道之一，范围为今四国岛及淡路岛，有纪伊、淡路、阿波、赞岐、伊豫、土佐六令制国。

②蛮帆：江户时代称外国船为"蛮船"。久坂玄瑞《到琼浦途上》："慨然放眼抚孤剑，压海蛮船百尺高。"

西洋纪行

◇ 大沼枕山 ◇

其 一

三海经中不载处，

走车飞舰究遐趣。

其人与笔腾光焰，

日出邦通日政州。

【作者简介】

　　大沼枕山（1818—1891），江户末期、明治前期汉诗人。通称舍吉，名厚，字子寿，号枕山，江户（今东京都）人。师从菊池五山（1772-1855），后创办"下谷吟社"传授诗学作法。著有《房山集》《咏史绝句》《诗学明辨》《观月小稿》《枕山诗钞》等。

【语汇注解】

　　三海经：或指《山海经》。

其 二

天运循环理太明，

夷强华弱莫伤情。

何知我国生真杰，

昌大胜他鲁佛英。

【语汇注解】

①鲁：鲁西亚。江户时俄罗斯的汉译名，今多作"露西亚"，简称
"露"。

②佛：佛兰西。江户时期法国的汉译名。

其 三

碎波洋舰气益振，

晚途臲卼且休论。

果然忠信行蛮貌，

英国干令塑像存。

【语汇注解】

臲卼（niè wù），动摇不安的样子。清·黄景仁《遇雨止云谷寺》："不祷
得神庇，我心滋臲卼。"

牧 岛

◇ 森野止轩 ◇

牧岛名徒在，
濯然山欲童。
何时逢伯乐，
今日马群空。

【作者简介】

森野止轩（1864—1909），明治时代诗人。字士静，通称丈三郎，号止轩，长崎袋町人。拜鹿儿岛谷口蓝田为师，后任蓝田私塾都讲，与蓝田共游东京。后任长崎中学教谕，著作有《止轩遗稿》。

【语汇注解】

①牧岛：日本地名。

②徒：徒然，白白地。唐·高适的《使青夷军入居庸》中言"远行今若此，微禄果徒劳。"

第三部

图画类

题浪华名胜画卷

◇ 冈兰洲 ◇

高高新月上层城，
舟向浪华桥下行。
花火迸空红烛闹，
游人只借纳凉名。

【作者简介】

冈兰洲：应为山崎兰洲（1733—1799），江户中末期儒学家。名明，字道冲，通称丈助，陆奥国（今青森县）人，曾任弘前藩校稽古馆司业，著有《新历撰考》等。

岁寒三友图

◇ 后藤春草 ◇

寒山峭瘦水无声，
翠竹青松凛竞荣。
中有梅花寂幽绝，
冻云横处倍分明。

【作者简介】

后藤春草：后藤松阴（1797—1864），江户末期汉诗人。名机，字世张，号春草，通称春藏，美浓国大垣（今岐阜县大垣市）人。幼有神童之名，少时师从赖山阳，随其西游。后于大阪设塾，以文称名。著有《春草诗抄》《松阴诗稿》等。

【语汇注解】

岁寒三友：即松、竹、梅三种植物，以松、竹经冬不凋，梅迎寒开花，故称。

富山晓色图

◇ 后藤春草 ◇

根蟠三国顶摩天，

雪色苍茫晓色阑。

一抹红霞天半晕，

知它岳背日三竿。

【语汇注解】

①富山：富士山。自晚夏至初秋的富士山，清晨常为朝阳染成红色，有"赤富士"之美称。自江户期至今，描绘赤富士的美术作品不胜枚举，最著名者为浮世绘师葛饰北斋所作《富岳三十六景》系列之《凯风快晴》。

②三国：指旧令制国中的甲斐（今山梨县）、骏河（今静冈县中部）、信浓（今长野县）三国，富士山位于其交界处。

张季鹰图

◇后藤春草◇

莼似银清鲈雪清，
秋风归去濯尘缨。
一杯谁料即时酒，
片语还传身后名。

【语汇注解】

①张季鹰：张翰（生卒年不详），字季鹰，吴郡吴县（今江苏苏州）人，西晋文学家。其有清才，善属文，性格放纵不拘，后见祸乱方兴，以莼鲈之思为由，辞官归隐。

②片语：指张翰思乡时所作《思吴江歌》："秋风起兮木叶飞，吴江水兮鲈正肥。三千里兮家未归，恨难禁兮仰天悲。"

竹田街道图

◇ 后藤春草 ◇

梅溪坦迤接桃邱，

高濑川头翠影浮。

隔竹纤夫声团团，

行泥蹇犊吼牟牟。

【语汇注解】

①竹田：地名，位于今京都府京都市伏见区。

②高濑川：河名，为连接京都中心部和伏见区的运河，于庆长十九年（明万历四十二年，公元1614年）开通，以作为运输船的"高濑舟"闻名。今沿岸为赏樱名所。

③桃丘：即桃山，位于京都市伏见区中部，昔为丰臣秀吉所筑伏见城所在地，废城后遍植桃树，故称"桃山"。

④ 坦迤：形容山势平缓而连绵不断。《明史·外国传六》："山坦迤无峰峦，水亦浅浊。"

⑤团团（huò huò），象声词，拉船纤时的呼号声。清·聂先《续指月录·尊宿集》："夜静江空阔，推船团团声。"

画 鸡

◇ 后藤春草 ◇

金距介翎谁为争，
如今无意竞先鸣。
唤人早起唯为善，
此是真成非恶声。

【语汇注解】

①金距：装在斗鸡距（附足骨）上的金属假距，以利作战。唐李白《答王十二寒夜独酌有怀》："君不能狸膏金距学斗鸡，坐令鼻息吹虹霓。"

②介翎：即芥羽，将芥子捣为细粉，播散于斗鸡翼上，两鸡争斗时鼓动双翼，芥粉飞扬而使对手迷痛，后因以芥羽指代斗鸡。典出《史记·鲁周公世家》："季氏芥鸡羽。"南朝宋·裴骃《史记集解》引服虔曰："捣芥子播其鸡羽，可以坌郈氏鸡目。"一说"芥"通"甲"，即作小铠着鸡头上。东汉应场《斗鸡诗》："芥羽张金距，连战何缤纷。"

麻姑仙女图

◇ 后藤春草 ◇

仙家无剪爪如鸟，

背痒我辄欲相烦。

休夸三度看叶海，

万古从来一晓昏。

【语汇注解】

麻姑：中国神话中仙女名。传说东汉桓帝时曾应仙人王远（字方平）召，降于蔡经家，为一美丽女子，年十八九岁，手纤长似鸟爪。事见东晋葛洪《神仙传》卷三："麻姑……是好女子，年十八九许，于顶中作髻，余发散垂至腰，其衣有文章而非锦绮，光彩耀日，不可名字，皆世所无有也。……自说："接待以来，已见东海三为桑田，向到蓬莱，水又浅于往昔，会时略半也，岂将复还为陵陆乎。"……又麻姑手爪不如人爪形，蔡经心中私言，若背大痒时，得此爪以爬背，当佳也。"

月濑梅林图

◇ 后藤春草 ◇

夹岸梅花十里强，
堆堆雪色压溪光。
岂管西湖三百本，
出林旬日袖犹香。

【语汇注解】

月濑梅林：位于今奈良市月濑尾山，梅林沿五月川向两侧山上生长，蔚为
壮观，为著名观光胜地。

东山舞妓图

◇ 后藤春草 ◇

花拥东山第一楼，

舞筵夕照避明眸。

腰肢袅袅柳丝样，

系得长安年少头。

【语汇注解】

东山：今京都市东山区，今为京都历史风貌保存最为完好的区域，区内有祇园、三年坂等历史悠久的观光区域以及清水寺、八坂神社等众多知名寺社。

题大德寺图

◇ 后藤春草 ◇

翠竹青松紫野边，
木鱼云板绝尘缘。
赵州家法吃茶去，
此里一灯千古传。

【语汇注解】

①大德寺：位于今京都市北区，为临济宗大德寺派大本山，始建于正中二年（元泰定二年，公元1325年）。寺内自古以来名僧辈出，茶道文化底蕴深厚，对日本文化产生了极大影响，至今亦以其建筑、造像及寺内所藏众多珍贵文物，名列日本特别名胜之一。

②赵州：赵州禅师（778—897），俗姓郝，法号从谂，曹州临淄（今山东临淄）人，唐代禅师，洪州宗传人。其幼年剃度，十八岁时参南泉普愿禅师，在其门下二十多年，以"平常心是道"开悟心地。后参访诸方，行脚不停。八十岁时受请住赵州城东观音院，教授后进，名震一时，时人尊为"赵州古佛"。从谂承袭洪州宗风，重视在日常生活中的修行，因为常以"吃茶去"来接引学人，有"赵州茶"的称号，对后世的日本茶道启发颇深，对于临济宗影响深远。

渔父图

◇ 后藤春草 ◇

白鹭飞边山有无，

斜风细雨水模糊。

小舟叶叶皆蓑笠，

那个当年张钓徒。

【语汇注解】

张钓徒：张志和（732—774），字子同，号玄真子，婺州金华（今浙江金华）人，唐代诗人。相传其天资聪颖，然因有感于人生无常，弃官归隐，号称"烟波钓徒"。其《渔歌子》云："西塞山前白鹭飞，桃花流水鳜鱼肥。青箬笠，绿蓑衣，斜风细雨不须归。"即为春草此诗所化用。

夏日田家图

◇ 后藤春草 ◇

野水纵横路几荣，

柳阴三两掩紫荆。

午眠初觉知何事，

门外卖过蚕纸声。

【语汇注解】

　　蚕纸：养蚕的人通常使蚕蛾在纸上产卵，故云蚕纸，亦作"蚕连"。唐·李商隐《杂曲歌辞·无愁果有愁曲》："白杨别屋鬼迷人，空留暗记如蚕纸。"

陆季疵图

◇ 后藤春草 ◇

苕水清冷可露芽，

快穿黄布岸乌纱。

淡中真味君应信，

枉向膏粱着毁茶。

【语汇注解】

①陆季疵：陆羽（733—804），字鸿渐，一字季疵，号茶山御史，复州竟陵（今湖北天门）人，唐代著名茶学家，被誉为"茶仙"，尊为"茶圣"。陆羽一生嗜茶，精于茶道，并擅长品茗，以著有世界第一部茶学专著《茶经》闻名于世。

②苕水：苕溪，河名，位于今浙江湖州。相传唐上元年间，陆羽隐居于苕溪畔，撰成《茶经》三卷。

③膏粱：肥肉和细粮，代指奢侈华贵的生活。三国魏·阮籍《咏怀八十二首·其五十三》："乘轩驱良马，凭几向膏粱。"

西行法师观岳图

◇ 后藤春草 ◇

何事西行行向东，
东西南北打包风。
银造狸奴随手掷，
贫看岳雪玉玲珑。

【语汇注解】

①西行法师（1118—1190），俗名佐藤义清，法号圆位，平安末期僧人、歌人。出身于秀乡流武家藤原氏，少时曾任左兵卫尉，出家后行脚各地，广结草庵。其歌风率直质实，感情浓郁，部分作品充满强烈的佛教思想。有《山家集》等歌集传世。《小仓百人一首》第八十五首为其所作，云："叹登手 素娥旋物乎 令思 詫貌成 吾泪哉"，刘德润译作"望月空长叹，忧思起万端。蟾光何罪有？我自泪潸然。"

②银造狸奴：即西行法师会源赖朝于陆奥，而不惜赖朝所赠银猫，与路边小童一事。典出《吾妻镜》卷六："二品（源赖朝）御参诣鹤冈宫，而老僧一人徘徊鸟居边。怪之，以景季令问名字给之处，佐藤兵卫尉义清法师也，今号西行云云，仍奉币以后心静。遂谒见，可谈和歌事之由被仰遣。……二品为招彼人，早速还御，则招引营中御芳谈。……十六日庚寅午克，西行上人退出。频虽抑留，敢不拘之。二品以银作猫被宛赠物，上人乍拜领之，于门外与放游婴儿。"

画樱

◇奥野小山野◇

红紫丛中一大家，

天然丽质更谁加。

欲言西土无春色，

四百余州欠此花。

【作者简介】

奥野小山（1800—1858），江户末期儒学者。名纯，字温夫，号寸碧楼、胖庵，通称弥太郎，大坂（今大阪府）人，曾仕于和泉国伯太藩（今大阪府和泉市），后入近江国三上藩（今滋贺县野洲市），教育藩士子弟。著有《小山堂诗文集》等。

【语汇注解】

①西土：日本旧时代指中国。草场船山《樱花》："西土牡丹徒自夸，不知东海有名葩。"

②四百州：宋时天下有州三百余，后以其成数"四百州"指中国。南宋·汪元量《湖州歌·其六》："夕阳一片寒鸦外，目断东西四百州。"

画河豚

◇奥野小山◇

吴姬一笑解倾国，
杜酒三杯终夺魂。
美疢何唯咎鳞族，
人间无物不河豚。

【语汇注解】

①吴姬：吴地的美女。唐·李白《金陵酒肆留别》："风吹柳花满店香，吴姬压酒劝客尝。"

②杜酒：家酿的薄酒。唐·杜甫《题张氏隐居二首》："杜酒偏劳劝，张梨不外求。"

③美疢：溺爱姑息之意。典出《左传·襄公二十三年》："季孙之爱我，疢疾也；孟孙之恶我，药石也。美疢不如恶石。夫石，犹生我；疢之美，其毒滋多。"

秋江立鹭图

◇ 奥野小山 ◇

碧瞳长喙疏身窥，

正是游倏欲上时。

日落芦湾风力劲，

毿毿吹飏白襹襹。

167

【语汇注解】

①毿毿（sān sān）：垂拂纷披貌。北宋·苏轼《过岭》："谁遣山鸡忽惊起，半岩花雨落毿毿。"

②襹襹（lí shī）：羽毛初生时濡湿黏合貌。唐·王伟《皇甫岳云溪杂题五首·鸬鹚堰》："独立何襹襹，衔鱼古查上。"

猛虎睨月图

◇奥野小山◇

嗔眼放光双镜磨，

噉来几兽口呀呀。

仰看天上银蟾兔，

恨不攫渠当锯牙。

【语汇注解】

①噉（dàn）：同啖，本义是吃或喂食，咬着吃硬的或囫囵吞整个食物。《广雅》："啖，食也。"

②呀呀：喻张口貌。

题文姬归汉图

◇ 广濑淡窗 ◇

其一

赎得蛾眉返故园，
奸雄休道是无恩。
请看青草坟前路，
环佩空归月夜魂。

169

【作者简介】

广濑淡窗（1782—1856），江户末期儒学者、诗人、教育家。名建，字子基，号苓阳、青溪，谥文玄先生，通称求马，丰后国日田（今大分县日田市）人。生于商家，少入福冈龟井塾学儒，后称病归乡，开设私塾咸宜园，以敬天修德为旨，广收弟子。淡窗治学严谨，通古今和汉之书，博百家之众长，对日本教育史影响深远。其诗风枯淡高雅，为时人所崇。著有《远思楼诗钞》《万善簿》等。

【语汇注解】

①文姬归汉：事见南朝宋范晔《后汉书·列女传第七十四》：蔡琰（177—249），字文姬，陈留圉（今河南杞县）人，为东汉著名学者蔡邕之女，博学多才，妙于音律。初嫁河东人卫仲道，夫亡后归家。不久董卓乱京，蔡邕瘐死狱中，文姬则于东汉兴平二年（公元195年）为匈奴所掳，流落至左贤王部十二年，育有二子。建安末，曹操渐起，出于对故人蔡邕的同情，乃遣使以金璧将蔡文姬从匈奴赎回国中。这一著名历史典故为历代文人所感，以其为题材的作品甚火。

②环佩空归夜月魂：出自李商隐咏叹王昭君厄运，感叹自身心怀社稷却遭皇帝厌弃、报国无门的名篇《咏怀古迹五首·其三》："画图省识春风面，环佩空归夜月魂。"

其 二

拘拘胡笳肠九回，

楚骚遗韵有余衰。

何人欲消文姬传，

不及曹瞒却爱才。

【语汇注解】

①胡笳：即长诗《胡笳十八拍》，相传为蔡文姬被掳后所作，以"我生之初尚无为，我生之后汉祚衰"开篇。亦有同名古琴曲。

②曹瞒：即曹操，小字阿瞒。

徽宗白鹭图

◇ 草场佩川 ◇

满幅风霜夹翼生，
雄心不忘击云程。
慨它平日描渠手，
束在胡奴五国城。

【作者简介】

    草场佩川（1787—1867），江户末期儒学者、诗人。名韡，字棣芳，号索绚、濯缨堂主人，通称瑳助，肥前国多久町（今佐贺县多久市）人。生于藩士之家，早年入佐贺藩校弘道馆学习，后赴江户，师从儒者古贺精里。学成回藩任儒官，深受藩主信任。有诗名，亦长于墨竹画。著有《佩川诗钞》。

【语汇注解】

    ①徽宗白鹭图：或指宋徽宗赵佶（1082—1135）所作粉本《池塘秋晚图》。画作以荷鹭为主体，将各种动、植物分段安排在画面上，卷首画红蓼暗示水岸，接着白鹭一只迎风立于水中。荷叶欹倾，水草顺成一向，衬托白鹭充满张力的姿态。墨荷与白鹭之间的黑白对比，增强水墨色调的变化关系，后有鸳鸯，一飞一游。今藏于台北故宫博物院。

    ②五国城：故址在今黑龙江省依兰县西北，由女真人所建。相传靖康之变后，徽、钦二帝被掳北上，因于五国城雪窖中。

豫让击衣图

◇ 草场佩川 ◇

漆身吞炭事皆违，
国士报仇谁此衣。
缺陷世间多似个，
不知天道是邪非。

【语汇注解】

豫让击衣：典出《史记·刺客列传》："豫让者，晋人也，故尝事范氏及中行氏，而无所知名。去而事智伯，智伯甚尊宠之。及智伯伐赵襄子，赵襄子与韩、魏合谋灭智伯，灭智伯之后而三分其地。赵襄子最怨智伯，漆其头以为饮器。豫让遁逃山中，曰：'嗟乎！士为知己者死，女为悦己者容。今智伯知我，我必为报仇而死，以报智伯，则吾魂魄不愧矣。'……行乞于市，其妻不识也。……襄子当出，豫让伏于所当过之桥下。襄子至桥，马惊，襄子曰：'此必是豫让也。'使人问之，果豫让也。于是襄子乃数豫让曰：'子不尝事范、中行氏乎？智伯尽灭之，而子不为报仇，而反委质臣于智伯。智伯亦已死矣，而子独何以为之报仇之深也？'豫让曰：'臣事范、中行氏，范、中行氏皆众人遇我，我故众人报之。至于智伯，国士遇我，我故国士报之。'襄子喟然叹息而泣曰：'嗟乎豫子！子之为智伯，名既成矣，而寡人赦子，亦已足矣。子其自为计，寡人不复释子！'使兵围之。豫让曰：'臣闻明主不掩人之美，而忠臣有死名之义。前君已宽赦臣，天下莫不称君之贤。今日之事，臣固伏诛，然愿请君之衣而击之，焉以致报仇之意，则虽死不恨。非所敢望也，敢布腹心！'于是襄子大义之，乃使使持衣与豫让。豫让拔剑三跃而击之，曰：'吾可以下报智伯矣！'遂伏剑自杀。"后遂以豫让为仁义之士典范。

墨陀河图

◇ 草场佩川 ◇

奥相二府久荒芜，

武野诛茅壮霸图。

在五中将曾寄兴，

宁知水鸟飞斯都。

173

【语汇注解】

①墨陀河：隅田川。

②奥相二府：旧令制国中的陆奥国及相模国。

③武野：武藏野，为自今埼玉县川越以南至东京的平原，亦指旧令制国中的武藏国，自万叶时代至今为文学作品中常见题材。

④诛茅：亦作"诛茆"，芟除茅草，引申为结庐安居。唐杜甫《楠树为风雨所拔叹》："诛茅卜居总为此，五月仿佛闻寒蝉。"

⑤壮霸图：或指平安末期于武藏国结成的武士集团"武藏七党"。他们活跃于平安末的大小战役中，后皆成为镰仓幕府骨干。

⑥在五中将：在原业平（825—880），平安初期歌人，"六歌仙"之一，因其为在原氏第五子并曾任右近卫权中将，故称。相传其相貌美丽而放纵不羁，《伊势物语》即以其为原型。《小仓百人一首》第十七首为其所作，云："千磐破　神代毛不闻　龙田川唐红尔　水浅与波"，刘德润译作："悠悠神代事，黯黯不曾闻。枫染龙田川，潺潺流水深。"

⑦寄兴：据《伊势物语》第九段，在原业平漫游东国，于隅田川乘舟时，见水鸟而触景生情，咏和歌云："名西负婆　以射言问牟　都鸟吾思人波　有无止"，丰子恺译作"都鸟应知都下事，我家爱侣近如何？"

邵子听鹃图

◇ 草场佩川 ◇

推飞知几在物先，
果看晋宋共南迁。
夕阳亭里一私语，
符那天津桥上鹃。

【语汇注解】

①邵子：邵雍（1012—1077），字尧夫，号安乐先生，谥康节，世称邵康节，北宋儒学家、易学家、思想家、诗人。其少有志，喜刻苦读书并游历天下，后拜师钻研易学，学有大成。他认为万物皆由"太极"演化而成，"太极"永恒不变，而历史则分皇、帝、王、霸四个时期，逐步退化。著有《皇极经世》《观物内外篇》等。

②邵子听鹃：治平年间邵雍于洛阳天津桥上听闻杜鹃啼声，以其象征地气自南向北转移，故惨然不悦，并以此预言朝廷将用南人为相、天下骚然之传说。

③夕阳亭：《后汉书·杨震列传》载安帝时太守杨震因疏直言时政之弊，被赐死于夕阳亭事："震行至城西几阳亭，乃慷慨谓其诸子门人曰：'死者士之常分。吾蒙恩居上司，疾奸臣狡猾而不能诛，恶嬖女倾乱而不能禁，何面目复见日月！身死之日，以杂木为棺，布单被裁足盖形，勿归颐次，勿设祭祠。'因饮酖而卒，时年七十余。"此句化用自邵雍《观西晋吟》中"祸在夕阳亭一句，上东门啸浪悠悠"一句。

题大原吞舟画三真图

◇ 梁川星岩 ◇

五十言外无文字，

何事纷纷说不休。

请看乾坤能覆载，

木公金母自春秋。

【作者简介】

梁川星岩（1789—1858），江户时代末期汉诗人。名卯，后名孟纬，字伯兔，后字公图，通称新十郎，美浓国（今岐阜县南部）人，女性汉诗人红兰之夫。曾周游日本列藩，后结"玉池吟社"。安政大狱时被捕，未几患虎疫瘐死。

【语汇注解】

①大原吞舟（1792—1858），名鲲，号昆仑，京都人，江户末期画家，善画山水、人物。

②三真：三清，指道教所尊的玉清、上清、太清三清胜境，亦指居于三清胜境的三位尊神，即元始天尊、灵宝天尊及太上老君。三清为道教的最高神，亦为道家"三一"学说的象征。

③五十言：或指《道德经》第四十二章中的"道生一，一生二，二生三，三生万物。万物负阴而抱阳，冲气以为和。人之所恶，唯孤、寡、不谷，而王公以为称。故物或损之而益，或益之而损。人之所教，我亦教之"部分。

④木公：东王公，亦称东华帝君，道教尊神之一，居东方，摄青龙，主少阳之气，掌万物之生发。

⑤金母：西王母，亦称西灵王母，道教最重要的尊神之一，并以其为西方天界之母后。

静姬按舞图

◇ 牧韵斋 ◇

大树风生萼残巢，
笙歌梦断泪阑珊。
凄凄冷袖君休怪，
尝经芳山冰雪寒。

【作者简介】

不详。

【语汇注解】

①静姬：静御前（1168—1189），平安末期人物，为当时的知名白拍子（一类歌舞伎艺人）。御前原为名将源义经爱妾，乱中于吉野山为源赖朝所获，后诞下义经之子，赖朝杀子以绝后患，御前伤心不已，遂同母归洛，不久郁郁而终。

②按舞：静御前被迫于祭礼中为源赖朝表演，而咏思君歌以示其怨事，见于《吾妻镜》卷五文治二年（南宋淳熙十三年，公元1186年）条："四月八日乙卯，二品（源赖朝）并御台所（北条政子，赖朝之妻）御参鹤冈宫，以次被召出静女于回廊，是依可令施舞曲也。此事去比被仰之处，申病疴之由不参。……适参向，归洛在近，不见其艺者无念由，御台所频以令劝申给之间被召之，偏可备大菩萨冥感之旨被仰云云。（静女）近日只有别绪之愁，更无舞曲之业由，临座犹固辞。然而贵命及再三之间，愁回白雪之袖。发黄竹之歌。其和歌为"吉野山顶踏雪深，与君诀别身飘零。朝夕思念肠九转，只盼今昔换昨日。"

江村读书图

◇ 牧韵斋 ◇

软尘堆里未抽身，

水竹何边定卜邻。

谁写十年归梦意，

小亭著个一闲人。

【作者简介】

不详。

【语汇注解】

软尘：飞扬的尘土，指都市的繁华热闹。南宋·陆游《仗锡平老自都城回见访索怡云堂诗》："东华软尘飞扑帽，黄金络马人看好。"

桐江垂钓图

◇ 牧韵斋 ◇

司隶归来仪已新，
桐江未必掷垂纶。
功名休取磻溪比，
留付云台画里人。

【作者简介】

　　不详。

【语汇注解】

　　①桐江垂钓：典出《后汉书·逸民列传第七十三》："严光字子陵，一名遵，会稽余姚人也。少有高名，与光武同游学。……除谏议大夫，不屈，乃耕于富春山。后人名其钓处为严陵濑焉。"严陵濑在桐江边，桐江为今钱塘江一部，故称严光为"桐江钓叟"，后以此喻淡泊名利、志在归隐之士。南宋·刘克庄《闻五月八日宸翰口号十首·其一》："物色桐江垂钓客，招延商岭茹芝翁。"司隶，即司隶校尉，据《后汉书·光武帝纪第一》载，新莽末年淮阳王刘玄起兵后，定洛阳为北都，以刘秀兼代司隶校尉。刘秀置僚属，作文移与属县，从事伺察，一如旧章。三辅吏士东迎刘玄部队，及见司隶僚属，皆欢喜不自胜。老吏或垂涕曰："不图今日复见汉官威仪！"，故后以"司隶"比喻帝室中兴，国土重光。唐杜甫《喜达行在所三首·其二》："司隶章初睹，南阳气已新。"

　　②磻溪：河名，在今陕西宝鸡东南，相传为姜太公垂钓处。云台，典出《后汉书·朱景王杜马刘傅坚马列传第十二》："永平中，显宗追感前世功臣，乃图画二十八将于南宫云台。"后以指表彰功臣。唐·杜甫《述古三首·其三》："休运终四百，图画在云台。"

题江户人谷文晁画秋井图

◇ 牧韵斋 ◇

白茆厚化软红乡，

中有闲人著画房。

八百八街无寸土，

不知何处写幽芳。

【作者简介】

不详。

【语汇注解】

①白茆：同白茅，禾本科多年生草本，春季先开花，后生叶子，花穗上密生白毛。

②谷文晁（1763—1840），江户末期南画家。名正安，号写山楼、画学斋，通称文五郎，江户（今东京都）人。其作广求和汉之法，又吸取西洋画中透视和阴影之技，自成一家，在江户画坛中占有重要地位。

墨 梅

◇ 牧韵斋 ◇

冷烟淡月旧风神，
写向水绢更觉真。
自有粉香吹未断，
帐中幻出李夫人。

【作者简介】

不详。

【语汇注解】

李夫人（？—前101），中山（今河北定县）人，西汉时人，为乐工李延年之妹，精通音律。延年为武帝献歌云："北方有佳人，绝世而独立，一顾倾人城，再顾倾人国。宁不知倾城与倾国，佳人难再得。"其妹遂得幸于汉武帝。后早卒，帝乃图其形挂于甘泉宫，思念不已。方士少翁言能致其神，夜张灯设帏，令帝坐中遥望，见一妙龄女子如李夫人貌。见《汉书·外戚传第六十七》。

题赤壁游图

◇ 牧韵斋 ◇

压倒周郎破北军，

扁舟赋就气生云。

几人同吸林中月，

双字曾无似此君。

【作者简介】

不详。

【语汇注解】

①赤壁：位于今湖北省赤壁市西北，为三国时赤壁之战的古战场。

②周郎：周瑜（175—210），字公瑾，三国吴名将。建安十三年（公元208年），周瑜率军与刘备联合，于赤壁之战中大败曹操，由此奠定了魏、蜀、吴三分天下的基础。

秋林钓艇图

◇ 牧韵斋 ◇

霜根系船不须戙，

红叶飘飘落钓篷。

摇荡林梢残日影，

秋波吹皱鲤鱼风。

【作者简介】

不详。

【语汇注解】

①戙（dòng）：木船上系缆绳的木桩。宋王周《志峡船具诗·戙》："篙之小难制，戙之独有力。"

②鲤鱼风：指九月的风。唐·李商隐《河内诗二首》："后溪暗起鲤鱼风，船旗闪断芙蓉干。"

楠公诀子图

◇ 草场船山 ◇

把卷授儿儿未去，
海山蹈蹙万蹄尘。
殉难他年能断志，
田来孝子是忠臣。

183

【作者简介】

不详。

【语汇注解】

楠公诀子：指楠木正成与其长子正行的"樱井之别"。据《太平记》卷十六载，建武三年（公元1336年）五月，足利尊氏举数十万大军进逼京都。楠木正成建言南朝后醍醐天皇迁都以疲敌军，然被否决，复命正成迎战。正成虽知此战必败，仍舍命赴凑川迎敌。行至山阳道樱井驿（故址在今大阪府三岛郡），正成遣其子正行归乡，嘱以后事，并授之御赐菊水纹短刀，以警其勿忘忠义。后正成寡不敌众，留下"七生报国"的遗言后自害，正行则继父遗志，继续抵抗足利氏，于贞和四年（公元1348年）的四条畷之战中败北自尽。赖山阳《樱井诀别》："海甸阴风草木腥，史编特笔姓名馨。一腔热血存余沥，分与儿曹洒贼庭。"

备后三郎题樱图

◇ 山中静逸 ◇

欲诉丹心独断肠，
贼氛围驾夜荒凉。
题樱果有天颜喜，
十字春风万古香。

【作者简介】

山中静逸（1822—1885），江户末期书法家、政治家。名献，号信天翁，三河国碧海郡（今爱知县碧南市）人。生于豪农家庭，早年入斋藤拙堂门下学习，与勤王志士多有交往。明治维新后历任御用挂、桃生县知事等职，后隐退京都而终老。著有《帖史》。

【语汇注解】

备后三郎：儿岛高德（？—1382），通称备后三郎，备前国（今冈山县东南）人，南北朝时武将。元弘之乱中后醍醐天皇兵败，被流放至隐岐，儿岛高德欲救天皇于流中，事败后潜入其宿所，削庭中樱木题诗"天莫空勾践，时非无范蠡"，以示其忠。事见《太平记》卷四，今史学界对于是否确有其人存在争议。

寒江独钓图

◇ 山中静逸 ◇

渺渺寒江钓未休，

暮云筛雪扑扁舟。

锦鳞应待春风起，

潜窜坚冰不上钩。

【语汇注解】

①渺渺："渺渺者，状云物散而不定"，唐杜甫《放船》诗："江市戎戎暗，山云渺渺寒"，形容散乱不定的样子。

②锦鳞：出自汉乐府诗《饮马长城窟行》，解释为鱼的美称，指传说中的鲤鱼。北宋·范仲淹《岳阳楼记》："沙鸥翔集，锦鳞游泳"。

题青浦所画向阳楼图

◇伊势小淞◇

丁字帘前亚字栏，
歌声如玉夜深弹。
伤心一片曾游迹，
惨淡知君着笔难。

【作者简介】

伊势小淞（1822—1886），江户末期诗人，本姓北条，名华，字君韡，号小淞，通称织之助，长门国萩（今山口县萩市）人。学于藩校明伦馆，维新后历任宫内省御用挂、京都支厅长官。著有《圣林唱和》《小淞遗稿》等。

【语汇注解】

青浦：西岛青浦（1828—1912），名让，字子礼，通称孙吉，长门国（今山口县）人，江户末期画家。学画于大阪鼎金城，自成一格。维新后得高杉晋作、木户孝允等志士知遇，奔走国事。

墨牡丹

◇ 伊势小淞 ◇

漫将乌玉写猩红，

感慨谁知存此中。

京洛名园焦土后，

何株依旧著春风。

【语汇注解】

焦土：或指发生于室町末期的应仁之乱，以守护大名间的混战为开始，战火波及全日本达十年之久，"下克上"不断发生，公卿阶级的力量迅速衰弱，日本历史进入新兴大名混战的战国时代。作为应仁之乱的主战场，京都城内受损极为严重，几成焦土。

丁卯新正十一日，携某生访鸥客画央，
遂同游墨水梅庄，因嘱鸥客图之，
系以途中所得之五绝句

◇ 伊势小淞 ◇

其一

游计无端决立谈，

早梅此际好堪探。

不容一士杂尘俗，

右挈左提人恰三。

【语汇注解】

①丁卯：庆应三年（清同治六年，公元1867年）。

②鸥客：坂田鸥客（？—1881），名爱，字世诲，号鸥客，通称亮八，明治初期画家。

其 二

冻缀吟须气凛然，

迢迢沙路傍平川。

探梅奇诀吾能得，

只怿清寒欲雪天。

【语汇注解】

怿（yì）：悦也，乐也，欢喜，高兴。南朝宋·鲍照《还都道中诗》："悦怿遂还心，踊跃贪至勤。"

其 三

低徊缟袂远招人，

看到村园又一春。

不用苦心要妙趣，

小诗冲口便清新。

【语汇注解】

缟袂：白衣。亦喻指白色花卉如梅花。北宋·苏轼《次韵杨公济奉议梅花十首》："月黑林间逢缟袂，霸陵醉尉误谁何。"

其 四

唯有寒梅客我狂，
忍饥立尽月昏黄。
夜深窃向花神问，
可得仙家辟谷方。

【语汇注解】

　辟谷：不食五谷，古时一种养生术。南宋·陆游《寓叹》："家贫思辟谷，人忌悔知书。"

其 五

以何奇想慰冰魂，
香影知君厌套言。
醉里题诗嫌忝冒，
花前饮水不携尊。

【语汇注解】

　①冰魂：形容梅、莲等花高洁纯净的品质，亦借指梅花。北宋·苏轼《十一月二十六日松风亭下梅花盛开·其二》："罗浮山下梅花村，玉雪为骨冰为魂。"

　②忝冒：自谦之词，犹言滥竽充数。唐·白居易《初授拾遗献书》："但言忝冒，未吐衷诚"。

公观月图

◇ 神山凤阳 ◇

东望京华泪未干，
一轮明月照丹心。
当年恩赐衣犹在，
边地秋寒不觉寒。

【作者简介】

神山凤阳（1824—1889），明治初期书法家、诗人。通称四郎，名述，字为德，号凤阳，美浓（今岐阜县）人。早年于京都开设私塾，明治二年（清同治八年，公元1869年）入立命馆任讲师。著有《凤阳遗稿》《凤阳遗印谱》等。

【语汇注解】

菅公观月：史载延喜元年（唐光化四年，公元901年）重阳，菅原道真流于九州太宰府，感于物是人非，悲从中来，遂作诗《九月十日》："去年今夜侍清凉，秋思诗篇独断肠。恩赐御衣今在此，捧持每日拜余香。"即道放逐之愤，亦言事君之忠，其情极为真切。道真亦作有咏月诗《问秋月》："度春度夏只今秋，如镜如环本是钩。为问未曾告终始，被浮云掩向西流。"

备失箸图

◇ 神山凤阳 ◇

老奸片语似雷公，
惊破英雄落落胸。
讵识当时失匙手，
拥来巴蜀几千峰。

【语汇注解】

①刘备失箸：见晋·陈寿《三国志·蜀书·先主传》："曹公（曹操）从容谓先主（刘备）曰：'今天下英雄，唯使君与操耳。本初之徒，不足数也。'先主方食，失匕箸。"后其事为《三国演义》演绎作："玄德心神方定，随至小亭，已设樽俎：盘置青梅，一樽煮酒。二人对坐，开怀畅饮。…操曰：'夫英雄者，胸怀大志，腹有良谋；有包藏宇宙之机，吞吐天地之志者也。'玄德曰：'谁能当之？'操以手指玄德，后自指曰：'今天下英雄，惟使君与操耳。'玄德闻言，吃了一惊，手中所执匙箸，不觉落于地下。时正值天雨将至，雷声大作。玄德乃从容俯首拾箸曰：'一震之威，乃至于此。'…将闻言失箸缘故，轻轻掩饰过了。"

②讵识：岂知，不料，哪知。

老狸鼓腹图

◇ 森精所 ◇

月白风清半夜时，

鼕鼕鼓腹踞如箕。

山林也有太平乐，

狡兔妖狐浑不知。

【作者简介】

　　森精所（1826—？），江户末期诗人。名秀业，字子勤、淳平，尾张国（今爱知县西）人。

【语汇注解】

　　鼕鼕（dōng dōng），象声词，常指鼓声或类似声响。唐·顾况《公子行》："朝游鼕鼕鼓声发，暮游鼕鼕鼓声绝。"

夷齐采薇图

◇ 森精所 ◇

叩马难回木主车，
首阳归去了残涯。
唯道终身食薇耳，
不知薇亦属周家。

【语汇注解】

①夷齐采薇：典出《史记·伯夷列传第一》："伯夷、叔齐，孤竹君之二子也。父欲立叔齐，及父卒，叔齐让伯夷。伯夷曰：'父命也。'遂逃去。叔齐亦不肯立而逃之。国人立其中子。于是伯夷、叔齐闻西伯昌善养老，盍往归焉。及至，西伯卒，武王载木主，号为文王，东伐纣。伯夷、叔齐叩马而谏曰：'父死不葬，爰及干戈，可谓孝乎？以臣弑君，可谓仁乎？'左右欲兵之，太公曰：'此义人也。'扶而去之。武王已平殷乱，天下宗周，而伯夷、叔齐耻之，义不食周粟，隐于首阳山，采薇而食之。及饿且死，作歌，其辞曰：'登彼西山兮，采其薇矣。以暴易暴兮，不知其非矣。神农、虞、夏忽焉没兮，我安适归矣？于嗟徂兮，命之衰矣！'遂饿死于首阳山。"后世遂以夷齐不食周粟象征仁人志士不屈的气节。

②薇：一年生或两年生草本植物，结荚果，中有种子五六粒，可食用。嫩茎和叶子可做蔬菜。通称"巢菜""大巢菜""野豌豆"。

寒夜脱御衣图

◇ 柴秋村 ◇

漫漫夜雪厌宫闱，

念及寒民事实稀。

太息他年西海月，

御衣空染逐臣衣。

【作者简介】

柴秋村（1830—1871），江户末期儒学家、书法家。名莘，字绿野，号茧山、秋村，通称六郎，阿波国德岛（今德岛县德岛市）人。文久元年为阿波德岛藩儒，不久庚午事变起，秋村因作檄文获罪，四年后逝世。其精通古典文章，常自吟自书，故所作书法亦饱含诗情。

【语汇注解】

①寒夜脱御衣：指醍醐天皇寒夜脱衣，体察人民冻馁事，见于《大镜》卷一。

②御衣空染逐臣衣：指醍醐天皇听信谗言流放菅原道真事。相传道真死后，平安京内厄灾不断，持续十数年，醍醐天皇以其为道真怨灵作祟，苦而退位，旋即病逝。

源三位射鵼图

◇ 津田学斋 ◇

云生腥气半空横，
夜色冥蒙中有声。
神箭一鸣天地震，
紫宸殿上月华明。

【作者简介】

津田学斋（1840—？），明治初期诗人。名仲臣，字仲相，号香岩钓人，纪伊国（今和歌山县）人。

【语汇注解】

①源三位：即源赖政（1104-1180），日本平安末期武士、歌人，因官至从三位，称源三位入道。赖政于保元之乱中勤王而立功，后白河天皇授以院升殿。治承四年（宋淳熙七年，公元1180年），赖政起兵反对平宗盛，战败自尽。

②鵼（kōng）：今多作鵺（yè），中国和日本传说中的妖怪。日本传说中的鵺为猿貌、狸躯、虎足、蛇尾，声似虎鸫的动物。源赖政射鵺事，见于《平家物语》卷四：近卫天皇时为怪物所扰，久而成疾，赖政奉命于御所警戒。某日深夜，见鵺现于黑云中，赖政遂举弓射之，鵺落而死，帝疾遂平，后赐赖政宝刀"师子王"。

题菅公把梅图

◇ 江马天江 ◇

贝锦江蓠彼一时，
精诚惟有上天知。
惜他枢掖调梅手，
空向荒陬抱冻枝。

【作者简介】

江马天江（1825—1901），江户末期诗人、儒医。本姓下阪，名圣钦，字永弼，通称俊吉，近江国坂田郡（今滋贺县中部）人。从师于梁川星岩，维新后任太政官史官，后辞职设塾。著有《赏心赞录》《退亨园诗钞》等。

【语汇注解】

①贝锦：像贝的文采一样的织锦，比喻诬陷他人、罗织成罪的谗言。《诗经·小雅·巷伯》："萋兮斐兮，成是贝锦。"

②江蓠：古书上说的一种香草。诗中为战国楚屈原《离骚》中"扈江离与辟芷兮，纫秋兰以为佩"一句的化用，表达菅原道真高洁品质的赞美。

③枢掖：中枢官署。唐代门下，中书两省在宫中左右掖，故称。唐·宋之问《奉和幸韦嗣立山庄侍宴应制》："枢掖调梅暇，林园艺槿初。入朝荣剑履，退食偶琴书"。

④荒陬：荒远的角落。

画竹

◇ 野田芳洲 ◇

砚池波起墨云浓，
一帘宜披磊落胸。
湘管何曾输竹杖，
千寻抛作葛陂龙。

【作者简介】

不详。

【语汇注解】

①湘管：毛笔。以湘竹制作，故名。南宋许棐《后庭花》："雨窗和泪摇湘管，意长笺短。"

②葛陂龙：典出东晋·葛洪《神仙传》卷九《壶公》："壶公者，不知其姓名。……汝南费长房为市掾时，忽见公从远方来，入市卖药，人莫识之。其卖药口不二价，治百病皆愈，语买药者曰：'服此药必吐出某物，某日当愈。'皆如其言。得钱日收数万，而随施与市道贫乏饥冻者，所留者甚少。常悬一空壶于坐上，日入之后，公辄转足跳入壶中，人莫知所在，唯长房于楼上见之，知其非常人也。长房乃日日自扫除公座前地，及供馔物，公受而不谢，如此积久。长房不懈亦不敢有所求，公知长房笃信，语长房曰：'至暮无人时更来。'长房如其言而往，公语长房曰：'卿见我跳入壶中时，卿便随我跳，自当得入。'长房承公言为试，展足不觉已入。既入之后，不复见壶，但见楼观五色，重门阁道，见公左右侍者数十人。公语长房曰：'我仙人也，忝天曹职，所统供事不勤，以此见谪，暂还人间耳，卿可教，故得见我。'长房不坐，顿首自陈：'肉人无知，积劫厚，幸谬见哀愍，犹如剖棺布气，生枯起朽，但见臭秽顽弊，不任驱使。若见怜念，百生之厚幸也。'公曰：'审尔大佳，勿语人也。'……"

水涨戏书

◇ 铃木蓼处 ◇

不举厨烟何足忧，

今朝平地亦洪涛。

忽疑邻并人仙去，

鸡犬声皆有屋头。

【作者简介】

铃木蓼处（1833—1878），江户末期儒学家、诗人。名鲁，字敬玉，越前国（今福井县北部）人，曾任藩校明道馆句读师。

题范蠡浮湖图

◇ 广濑林外 ◇

英雄回首即神仙，
身铸黄金亦偶然。
春入五湖浑似画，
垂杨斜系美人船。

【作者简介】

广濑林外（1836—1874），江户末期儒学家。名孝，字维孝，号林外，通称孝之助，丰后国（今大分县）人，广濑淡窗之甥。林外由伯父抚养成人，学于家塾咸宜园，长于诗文及史学。淡窗逝后主持家塾，维新后上京，供职于修史馆。著有《林外杂著》等。

【语汇注解】

范蠡浮湖：范蠡，春秋越国大夫，在帮助越王勾践灭吴雪耻以后，认为勾践为人："可与同患，难与处安"，因此弃官私隐，变易姓名，偕西施泛舟五湖之隐居地，后经商致富。后人认为他功成身退是明哲之举。后以此典比喻功成身退，不恋官位；或比喻隐居江湖，另辟蹊径。事见《史记我·越王勾践世家》及《史记·货殖列传》。

题篁村山人梅兰画册

◇ 永坂石埭 ◇

郑所南图王冕诗，
谁能收拾两家奇。
怜君快笔存间气，
兰作露根梅倒枝。

【作者简介】

　　永坂石埭（dài）（1845—1924），江户至明治时期诗人、医师。名周二，字希庄，号石埭，尾张国名古屋（今爱知县名古屋市）人。"森门四天王"之一，诗风纤丽巧致，被誉为明治汉诗界泰斗，亦通南画、书法、茶道，其书称"永坂流"，名扬一时。有《石埭翁诗稿》十三卷。

【语汇注解】

　　①篁村山人：或即青木篁村（1825—1901），江户末期南画家，师事于高桥杏村。

　　②郑所南：即郑思肖（1241—1318），字忆翁，号所南，连江（今福建连江）人，宋末元初诗人、画家。其善作兰花，不求甚工。著有诗集《心史》等，画作有《墨兰图》存世，藏于日本大阪市立美术馆。

　　③王冕（1310—1359），字元章，号煮石山农，浙江绍兴人，元代画家、诗人。其性格孤傲，诗作多同情人民苦难、谴责豪门权贵、轻视功名利禄、描写田园隐逸生活之作，亦爱好梅花，，又攻画梅，所画梅花花密枝繁，生意盎然，劲健有力，对后世影响甚大。著有《竹斋集》五卷。存世画迹有绢本《南枝春早图》轴等。其咏梅诗以《墨梅》最为知名："我家洗砚池边树，朵朵花开淡墨痕。不要人夸颜色好，只留清气满乾坤。"

备后三郎题诗图

◇ 丹羽大受 ◇

勤王诸将大零星，
忠慨题诗达圣德。
一簇樱云春欲雨，
天颜咫尺夜冥冥。

【作者简介】

不详。

【语汇注解】

冥冥：昏暗，不明亮。《楚辞·屈原·涉江》："天色冥冥，杳以冥冥。"

题 画

◇红兰张夫人◇

幽兰修竹是同参，

窗下焚香读女箴。

谁道画图形似耳，

笔端也契岁寒心。

【作者简介】

不详。

【语汇注解】

①同参：佛教用语，一谓参谒，言同事一师也。二谓相与研究。

②女箴：《女箴》是一本关于女子懿德的古书。"心慈则貌美，心恶故貌丑。"

③契：同锲，用刀子刻。

青砥藤纲滑川探钱图

◇ 梅坞道人 ◇

谁知贤士重财心，
一事长垂百世箴。
今日纷纭买官辈，
枉将青紫换黄金。

【作者简介】

梅坞道人（1822—？），江户末期诗人。名显明，字逸心，号陆沉堂主
人，京都人。

【语汇注解】

①青砥藤冈（生卒年不详），名三郎，上总国（今千叶县）人，镰仓中期
武将，官至左卫门尉。相传其为官公正清廉，《太平记》卷三十五载其于镰仓
以五十钱购买松明，打捞落入滑川中十钱事。或有笑其小利而大损，藤纲云：
"若今不求其，则沉而永失。某以五十钱买续松，其钱止于商人之家，永不可
失。我之损，即商人之利也。不失此六十钱，岂非天下之利乎？"被后世传为
佳话。然正史无载其人其事，故今史界对于是否确有其人存在争议。

②滑川：河名，在今神奈川县镰仓市，发源于朝比奈峠，自由比滨注入相
模湾。

③青紫：指古代高官印绶，服饰的颜色，比喻高官显爵。

钟馗图

◇ 即山上人 ◇

其一

卖剑

一剑谁家当酒钱，

长安市上暗尘烟。

买牛宜作归耕计，

芜尽终南二倾田。

【作者简介】

不详。

【语汇注解】

①钟馗：道教信仰中的神祇，专能镇宅驱魔，形象大多虎背熊腰、面目狰狞，呈威武果敢之姿。旧时以除夕及端午为钟馗祭日，悬钟馗斩鬼像以驱邪。钟馗信仰起源于中国古代傩仪，后广泛流传于中日两国民间。

②卖剑买牛：原指放下武器，从事耕种，后比喻改业务农。北宋·苏轼《常润道中有怀钱塘寄述古五首》："卖剑买牛吾欲老，杀鸡为黍子来无？"

其 二

抚 琴

阴云漠漠鬼啾啾,
秋入哀弦弹不休。
遗恨宁王聪第一,
独和幽泪听伊州。

【作者简介】

不详。

【语汇注解】

①抚琴:全诗化用自唐温庭筠《弹筝人》:"天宝年中事玉皇,曾将新曲教宁王。钿蝉金雁今零落,一曲伊州泪万行。"

②宁王:即李宪(679—742),本名李成器,唐玄宗李隆基长兄。其颇能诗歌,通晓音律,初立为皇太子,后见楚王李隆基诛杀韦后、拥立睿宗,有定社稷之功,遂"累日涕泣,固让位于楚王"。

③伊州:商调大曲,由唐西凉节度盖嘉运所进。失传多年,清末于敦煌藏经洞发现其琵琶谱。

项王府诗讌题钦英画马

◇ 税所芦崖 ◇

柳荫浴罢曝皮毛，
骏尾萧萧天骨高。
牝牡骊黄谁辨得，
人间无复九方皋。

【作者简介】

不详。

【语汇注解】

①讌：同宴。

②天骨：骏马的躯干。唐·杜甫《天育骠骑歌》："矫矫龙性合变化，卓立天骨森开张。"

③九方皋：春秋时人，史载其曾受伯乐推荐，为秦穆公相马三月，事见《列子·说符篇》："秦穆公谓伯乐曰：'子之年长矣，子姓有可使求马者乎？'伯乐对曰：'良马可形容筋骨相也。天下之马者，若灭若没，若亡若失。若此者绝尘弭辙。臣之子皆下才也，可告以良马，不可告以天下之马也。臣有所与共担纆薪菜者，有九方皋，此其于马非臣之下也。请见之。'穆公见之，使行求马。三月而反报曰：'已得之矣，在沙丘。'穆公曰：'何马也？'对曰：'牝而黄。'使人往取之，牡而骊。穆公不说，召伯乐而谓之曰：'败矣，子所使求马者！色物、牝牡尚弗能知，又何马之能知也？'伯乐喟然太息曰：'一至于此乎？是乃其所以千万臣而无数者也。若皋之所观天机也，得其精而忘其粗，在其内而忘外；见其所见，不见其所不见；视其所视，而遗其所不视。若皋之相者，乃有贵乎马者也。'马至，果天下之马也。

题卧龙先生耕南阳图

◇ 猪饲敬所 ◇

风雨云雷藏寸胸，
躬耕陇亩蹑高踪。
当年若不逢明主，
谁信人间有卧龙。

【作者简介】

猪饲敬所（1761—1845），江户末期折衷学派儒学家。名彦博，字文卿、希文，号敬所，通称三郎右卫门，近江国人。初修心学，后转学儒学，辗转京都、淡路等处讲学，天保初年任津藩儒。敬所之学详于经史，精通三礼，著有《论孟考文》《西河折妄》等。

【语汇注解】

卧龙先生耕南阳：即东汉末年诸葛亮隐居南阳躬耕村野、思天下大计，与刘备行"隆中对"事。诸葛亮（181—234），字孔明，号卧龙，徐州琅琊阳都人，三国时期蜀汉丞相，杰出的政治家，军事家，文学家，发明家。一生"鞠躬尽瘁，死而后已"，是中国传统文化中忠臣与智者的代表人物。

陈图南长睡图

◇ 安积良斋 ◇

铁马黄袍映日还，
山中自此睡应闲。
赵家三百年宗社，
不异先生一梦间。

【作者简介】

安积良斋（1791—1860），江户末期儒学者。名重信，字思顺，号见山楼，通称佑助，陆奥国安积郡（今福岛县郡山市）人。生于神职之家，少时赴江户，苦学力行，学成后于神田骏河台设私塾，晚年任昌平坂学问所教授，门下多出英才。良斋工于诗文，有《见山楼诗集》《良斋文略》等作传世。

【语汇注解】

陈图南：陈抟（871—989），字图南，号扶摇子，亳州真源（今河南省鹿邑县）人，北宋道教学者。其于后唐间应试不第，遂隐居武当山九室岩，专心于易学，成就斐然。著有《指玄篇》等。相传陈抟善睡，被后世称为"睡仙"，并有托名之"睡功"流传。

李青莲醉归图

◇ 安积艮斋 ◇

脱韡殿上醉金觞，

归路春风酒气香。

莫笑玉山行欲倒，

眼花犹认旧草堂。

【语汇注解】

①李青莲：李白（701—762），唐代杰出的浪漫主义诗人。字太白，号青莲居士，史载其桀骜不驯，曾醉于朝堂，而令力士脱靴、贵妃捧墨，而为朝中所不容，被玄宗"赐金还山"。

②韡：光明美丽盛大的样子。《诗经·小雅·常棣》："常棣之华，鄂不韡韡。"

③觞：古代酒器。欢饮，进酒。

河柳图

◇ 松殿公 ◇

纸水桥西北野边，

柳条婀娜弄春风。

嫩黄已动诗人兴，

不是寻常二月天。

【作者简介】

松殿公：藤原基房（1145—1231），平安末期公卿，号松殿，故通称松殿关白。官至从一位摄政、关白、太政大臣。父为关白忠通，元服后任从三位权中纳言，后因长兄逝世，补任摄政。后因触怒平清盛被贬至备前。源义仲入京都后，基房以女下嫁，并以其子为摄政内大臣。不久义仲败亡，基房亦自政界隐退而终。

题太公钓渭图

◇ 伊藤长胤 ◇

一片苔矶绿水滨，
长杆手熟五溪春。
谁知异日鹰扬者，
即是当年鹄发人。

【作者简介】

　　伊藤长胤（1670—1736），江户中期教育家、儒学家。名长胤，字元藏，号东涯，谥号绍述先生。通经史，善诗文，曾任纪伊侯侍讲。终生以办学和著述为乐。著作有《论语古义标注》《孟子古义标注》等计53部242卷。

【语汇注解】

　　①渭：指黄河最大的支流渭水。

　　②五溪：一说湖南武陵的沅溪、武溪、酉溪、巫溪、辰溪五条溪水。唐·李白《闻王昌龄左迁龙标遥有此寄》诗："杨花落尽子规啼，闻道龙标过五溪。我寄愁心与明月，随风直到夜郎西。"

范蠡载西施图

◇ 朝川善庵 ◇

定国功臣倾国色，
片帆共趁五湖风。
人间倚伏君莫怪，
吴越存亡一舸中。

【作者简介】

朝川善庵（1781—1849），江户末期汉学家。名鼎，字五鼎，号善庵，通晓经史，曾任松浦侯。著作有《论语集说》《周易愚说》《孝经定本》《善庵诗钞》。

【语汇注解】

①定国功臣：指范蠡，春秋战国时期越国的大夫。

②倚伏：倚，依托；伏，隐藏。《老子》中曰："福兮祸之所伏，祸兮福之所倚。"

③舸：大船。《方言》中曰："南楚江湘，凡船大者谓之舸。"

题庄子像

◇ 梁田蜕岩 ◇

为蝶无庄周，
为周无蝴蝶。
画中两俱存，
是非终喋喋。

【作者简介】

梁田蜕岩（1672—1757），幕府末期汉诗文代表。名邦美，字景鸾，号蜕岩，江户神田小川町人。师从山崎暗斋研习朱子学，通神学，喜好兵事。曾任加贺藩儒官，后隐退开办私塾。著作有《学范》《四书讲义》《蜕岩诗文集》。

【语汇注解】

①庄周：庄子（约公元前369—前286），战国中期哲学家，庄氏，名周，字子休，汉族，蒙（今安徽蒙城，又说河南商丘、山东东明）人。我国先秦（战国）时期伟大的思想家、哲学家、文学家。

②为周无蝴蝶：《庄子·齐物论》中言"西者庄周梦之蝴蝶栩栩然蝴蝶也；自喻适志与，不知周也；俄然觉，则蘧蘧然周也。"

王昭君图

◇ 菅茶山 ◇

月是汉宫月，

人是汉宫人。

如何沙草色，

不似汉宫春。

215

【作者简介】

菅茶山（1748—1827），江户末期儒学家、汉诗人。名晋帅，字礼卿，号茶山。在家乡兴办"黄叶夕阳村舍"。著有《黄叶夕阳诗集》23卷、《茶山文集》4卷。

【语汇注解】

①王昭君：（约公元前52年-约公元8年），名嫱，字昭君，乳名皓月，西汉南郡秭归人，今湖北省宜昌市兴山县人，西汉元帝时和亲宫女，与貂蝉、西施、杨玉环并称中国古代四大美女。

②沙草色：沙漠、衰草的景色。

③汉宫：汉朝宫殿。亦借指其他王朝的宫殿。

关帝像

◇ 市河宽斋 ◇

一片精忠日未沉，
吞吴翊汉志犹深。
即今天下多香火，
不是将军平素心。

【作者简介】

市河宽斋（1749—1820），江户末期汉诗人、画家。名世宁，字子静，号宽斋，清新性灵派代表人物之一。在江户创办江湖诗社，倡导宋诗，擅长创作指画山水。曾任藩校广德馆教授等职，其弟子有大洼诗佛、柏木如亭。著作有《日本诗记》《随园诗抄》《诗家法语》等。

【语汇注解】

①关帝：（160—219），名羽，字云长，山西林绮西南人。与刘备、张飞相识于河北涿县桃园遂结义，屡立战功，后在镇守荆州时轻敌而被俘，遭到斩首。他以忠义骁勇见长，历代被奉为忠义的楷模。宋徽宗时期被封为"忠惠王"，明神宗时期"三界伏魔大帝神威远镇天尊关帝圣君"，清代雍正时期各地立庙奉祀。

②吴：指东吴，国君为孙权。汉：指蜀汉，国君为刘备。

③翊：辅佐、拥戴。

李白观瀑图

◇ 木下顺庵 ◇

豪气能知天下士，

眼高四海有深情。

庐山暗挽银河水，

付与汾阳洗甲兵。

217

【作者简介】

木下顺庵（1621—1698），江户初期汉诗人、朱子学者。名贞干，字直夫，号顺庵，京都人。十三岁作"太平赋"，受到天皇的嘉奖。曾任加贺（石川县）藩儒官，为五代将军德川纲吉侍讲。同时他还是一名教育家，培养出了新井白石、室鸠巢、雨森芳洲等大家。著作有《锦里文集》《班荆集》《靖恭先生遗稿》等。

【语汇注解】

①李白观瀑：李白曾作《望庐山瀑布》而闻名于世，木下顺庵的诗为讴歌李白的题画诗。

②汾阳：今陕西省阳曲县西北。安史之乱时因为朔方节度使郭子仪平乱有功，收复长安、洛阳，被封为汾阳王。

欧阳子读书图

◇ 室鸠巢 ◇

树色苍茫生早凉，
凄风皓月读书堂。
画中写出庐陵赋，
不听秋声亦断肠。

【作者简介】

室鸠巢（1658—1743），江户时代江户人。名直清，字师礼，通称新助，号鸠巢，骏台，沧浪。师从木下顺庵，正德元年，经新井白石推荐任幕府儒官，吉宗将军侍讲。著有《骏台杂话》《赤穗义人录》《鸠巢逸话》《四书讲义》《论语愚问抄》《鸠巢百韵诗》《鸠巢文集》等。

【语汇注解】

①欧阳子：欧阳修的自称。

②凄风：初秋的西南风，寒冷的风。《吕氏春秋·有始》："西南曰凄风。"

③庐陵赋：实为欧阳修写的《秋声赋》。该赋写于宋仁宗嘉佑四年（1059），庆历新政失败后处于苦闷当中。这首赋主要反映他回首往昔仕途坎坷而产生的凄凉心情和与世无争的情绪。

武陵桃源图

◇ 无名氏 ◇

洞中风物自仙寰，
不许渔郎再往还。
遮莫桃花零落后，
也随流水出人间。

【作者简介】

不详。

【语汇注解】

武陵桃源：武陵位于湖南省常德市桃源县桃花源镇。苏轼、黄庭坚和朱熹等都认为桃花源在武陵。在历代写武陵的诗文中，往往把武陵当作桃花源的代名词。陶公把世外桃源的梦境放在了沅水河畔的桃花源，《桃花源记》开篇一句："武陵人捕鱼为业。"湖南的常德古称武陵。

题秋野日出双鹑图

◇ 无名氏 ◇

秋郊禾熟映朝晖，
吞啄有余身自肥。
禽鸟亦承丰岁乐，
推知王泽及鹑衣。

【作者简介】

　　不详。

【语汇注解】

　　鹑衣：指破旧的衣服。唐·杜甫《风疾舟中伏枕书怀三十六韵，奉呈湖南亲友》："乌几重重缚，鹑衣寸寸针。"

题由良浦图

◇ 无名氏 ◇

自游与谢卅年强，

山海风景付渺茫。

犹记天桥松尽处，

帆樯北指是由良。

【作者简介】

不详。

【语汇注解】

①由良浦：河名，位于今兵库县洲本市。

②谢：即今京都府与谢郡与谢野町，自其海岸东望，即可远眺"日本三景"之一的天桥立。

③天桥：即天桥立，位于京都府宫津市宫津湾内，为海上狭长的沙洲，相传若在其北端山上背对站立，并低头从自己的胯下朝后望时，会看到沙洲犹如一条往天上斜伸而去的桥梁，因而得名。《丹后国风土记》中载其为创世神伊邪那岐所用天梯之传说："与谢郡，郡家东北隅方有速食里。此里之海，有长大前，先名天椅立，后名久志滨。然云者，国生大神伊射奈艺命，天为通行，而椅作立，故云天椅立。神御寝坐间，仆伏，仍怪久志备坐，故云久志备滨，此中间云久志。自此东海云与谢海，西海云阿苏海，是二面海，杂鱼、贝等住，但蛤乏少。"

题 画

◇ 无名氏 ◇

数橼书屋枕莲池，
风送花香透葛衣。
莫怪近来晨起早，
欲看初发映朝晖。

【作者简介】

不详。

【语汇注解】

①橼：放在檩上架者屋顶的木条，也是古代房屋间数的代称。

②葛衣：以葛织成的夏衣。唐·白居易《官舍小亭闲望》："葛衣御时暑，蔬饭疗朝饥。"

菊童子图

◇ 无名氏 ◇

南阳人饮黄花水，

耆寿依然童稚姿。

未及陶翁能爱菊，

乐夫天命复奚疑。

【作者简介】

　　不详。

【语汇注解】

　　①菊童子：日本假托中国为背景的"菊慈童"传说。南朝宋盛弘之《荆州记》载："南阳有菊水，其源旁悉芳菊，水极甘馨。又中有三十家，不复穿井，即饮此水。上寿百二十三十，中寿百余，七十犹以为夭。……此菊短，葩大，食之甘美，异于余菊。广又收其实，种之，京师遂处处传置之。"此传说传入日本后被进一步演绎，遂形成"菊慈童"传说。相传菊慈童为周穆王仕童，容貌美丽，颇受穆王宠爱，后遭群臣妒忌陷害，被流放至南阳郡郦县（今河南省南阳市西北）山中。穆王不忍其为虎狼所噬，授其《法华经》偈语二句，以为守护。慈童唱此偈行走山中，并书其于溪边野菊叶上，其叶承露入水，即为不老不死之药，慈童饮之，觉其味极甘美，恰胜百味，遂羽化成仙，历八百余年犹少年之貌，后于魏文帝曹丕时假彭祖之名献水于文帝。

　　②耆（qí）寿：年高德劭者，亦泛指老寿之人。明宋濂《送和赞善北归养母诗序》："耆寿之朋，簪缨之侣。"

　　③陶翁：指东晋文学家陶渊明（365—427），名潜，字渊明、元亮，自号五柳先生，浔阳柴桑人。相传其"独爱菊"，不愿出仕，以酒遣怀，以菊为侣，表现出不与世俗同流合污的高洁品格。

题张竹石清溪层岩图

◇ 无名氏 ◇

张翁邱壑满胸间，
对画犹思当日颜。
南游四十余年外，
携酒同登五剑山。

【作者简介】

不详。

【语汇注解】

①张竹石：长町竹石（1757—1806），名徽，字琴翁，号竹石、琴轩，通称德兵卫，赞岐国高松（今香川县高松市）人，江户末期南画家，擅作山水画，自成一派。

②邱壑：深山与幽壑，喻指深远的意境。民国·徐蕴华《唐庄题壁》："自笑胸无邱壑意，不堪着笔付丹青。"

③五剑山：亦称八栗山，位于今香川县高松市。

季札挂剑图

◇ 无名氏 ◇

旧约何渝幽与明，
白杨树上挂青萍。
他年博得延陵墓，
圣笔呜呼数字铭。

【作者简介】
　　不详。

【语汇注解】
　　①季札挂剑：典出汉·刘向《新序·节士》："延陵季子将西聘晋，带宝剑，以过徐君。徐君观剑不言而色欲之，延陵季子为有上国之使，未献也，然其心许之矣。致使于晋故，反则徐君死于楚，于是脱剑致之嗣君。从者止之曰：'此吴国之宝也，非所以赠也。'延陵季子曰：'吾非赠之也。先日吾来，徐君观吾剑不言而其色欲之，吾为有上国之使，未献也，虽然，吾心许之矣。今死而不进，是欺心也。爱剑伪心，廉者不为也。'遂脱剑致之嗣君。嗣君曰：'先君无命，孤不敢受剑。'于是季子以剑带徐君墓树而去。"徐人嘉而歌之，后以此典指信守本心、始终不渝；或表示对亡友的悼念、凭吊。唐·李白《宣城哭蒋征君华》："独挂延陵剑，千秋在古坟。"
　　②渝：改变，违背。
　　③青萍：优质名剑名，古人往往为优质宝剑赋以高雅别致之名，以别于一般的剑器。汉代已有青萍剑之名，且名声不低于干将、莫邪等宝剑。据传，青萍剑能切金玉断毛发，犀利无比。青萍剑法借此命名，取其剑质精锐，所向披靡之意。

四君子图

◇ 无名氏 ◇

宋兰晋菊共清曜，
孤竹同根亦自孤。
当日梅花独多幸，
高人相伴笑西湖。

【作者简介】

　　不详。

【语汇注解】

　　①四君子：梅、兰、竹、菊四种植物，象征傲、幽、澹、逸四种高尚品德。

　　②宋兰：北宋时养兰风气甚盛，诗家喜好吟兰，亦有多种兰谱出版。

　　③晋菊：指晋陶渊明爱菊之事。

　　④梅花：南宋时赏梅之风盛行，西湖畔多有由官府栽种的梅园，规模壮观。

孝经谚解

◇ 无名氏 ◇

君负老亲如板舆，

入画自然成孝字。

闻说孝经家有注，

注中宜补此图意。

227

【作者简介】

不详。

【语汇注解】

①板舆：旧时一种用人抬的代步工具，多为老人乘坐。亦代指孝养双亲。亦作版舆。西晋·潘岳《闲居赋》："太夫人乃御版舆，升轻轩，远览王畿，近周家园。"

②孝经：中国古代儒家的伦理著作。儒家十三经之一，流传广泛，影响深远。

温公破瓮图

◇ 无名氏 ◇

仁智并观童稚游，
登庸遂任兆民忧。
忍见同朝老安石，
谩施新法缺男妆。

【作者简介】

不详。

【语汇注解】

①温公破瓮：北宋文学家司马光幼时砸缸救人事。《宋史·列传第九十五》："光生七岁，凛然如成人。……群儿戏于庭，一儿登瓮，足跌没水中，众皆弃去，光持石击瓮破之，水迸，儿得活。其后京、洛间画以为图。"司马光（1019—1086），字君实，号迂叟，谥文正，陕州夏县（今山西夏县）人，世称涑水先生，北宋政治家、史学家、文学家。司马光历仕四朝，其为人温良谦恭、刚正不阿；做事用功，刻苦勤奋，主持编纂了中国历史上第一部编年体通史《资治通鉴》。逝后追赠太师、温国公。

②登庸：指选拔任用或科举应考中选。明·方孝孺《袁安卧雪图赞》："登庸三朝，作社稷臣。"

③老安石：王安石（1021—1086），字介甫，号半山，谥文，抚州临川（今江西抚州）人，世称临川先生，北宋著名思想家、政治家、文学家、改革家。王安石于拜相后主持变法，后以新旧党争，保守派得势，新法皆废，郁然病逝于钟山。司马光是变法的主要反对者，他认为应偏重于通过伦理纲常的整顿，来把人们的思想束缚在原有制度之内，即使改革，也定要稳妥，反对王安石躁进的变法主张。

永源寺图

◇ 无名氏 ◇

石径桥通古梵城，

满山红叶映溪明。

赏游拟得高僧句，

醉倒岩根梦亦清。

【作者简介】

　　不详。

【语汇注解】

　　永源寺：在今滋贺县东近江市，为临济宗永源寺派大本山，始建于康安元年（元至正二十一年，公元1361年），以其红叶闻名。

题义家贞任接战图

◇ 无名氏 ◇

谩将唱和脱奸雄，
果毅未明方寸中。
他日从师学戒礼，
遂成源祖八幡公。

【作者简介】

不详。

【语汇注解】

①义家：源义家（1039—1106），通称八幡太郎，平安末期武将，官至正四位下，历任出羽守、陆奥守等，成功镇压了安倍氏、清原氏等虾夷败战豪族的叛乱，致力于士族地位的确保，其言行处事也树立了武士道的典范，藤原宗忠评曰"为院殿上武威满天下，诚是足大将军者也"（《中右记》）。

②贞任：安倍贞任（1019—1062），一称厨川次郎，平安中期武将。天喜四年（宋至和三年，公元1056年），其父赖时举兵反叛国府，旋即战死，由贞任继任安倍家督，五年后兵败被杀。

③接战：起于陆奥国，自永承六年（宋皇佑三年，公元1051年）陆奥豪族安倍氏击杀国守藤原登任至康平五年（宋嘉佑七年，公元1062年）厨川落城、安倍家兵败止，此役使源义家之父赖义（988—1075）升任正四位下伊豫守，提高了源氏的政治地位。

④戒礼：指承德二年（宋绍圣五年，公元1098年）十月源义家受白河法皇许，以非公卿身份行院升殿（允许进入上皇居所）事，代表武家势力的迅速壮大。

题名妓地狱太夫图

◇ 无名氏 ◇

高僧名妓昔相看，
沾絮春风定等闲。
谁知当日泥黎号，
不在衣裳在玉颜。

【作者简介】

不详。

【语汇注解】

①地狱太夫：传说中的室町时名妓，为贼所虏，沦落风尘，以其现世之不幸为前世果报，故自名地狱，绘地狱变相图于衣上。其容姿秀丽，艳名远传。相传一休和尚曾慕名拜访，与其宴饮而令太夫得以参悟。后太夫故去，一休亲为其建冢供养。以地狱太夫为题材的绘画在江户时代甚为流行。

②泥黎：亦作泥梨、泥犁，梵语译音，意为地狱。佛教以彼处喜乐之类一切全无，为十界中最恶劣之境界。南朝梁·简文帝《大法颂序》："恶道蒙休，泥犁普息。"

老子出关图

◇ 无名氏 ◇

蒿目衰周西出关，
青牛不复向京还。
名言一卷五千字，
紫气长存天地间。

【作者简介】

不详。

【语汇注解】

①老子出关：相传道家创始人老子见周王朝日益衰败，遂隐居不仕，骑青牛西出函谷关后不知所终。事见《史记·老子韩非列传》："老子修道德，其学以自隐无名为务。居周久之，见周之衰，乃遂去。至关，关令尹喜曰：'子将隐矣，强为我著书。'于是老子乃著书上下篇，言道德之意五千余言而去，莫知其所终。"

②蒿目，犹言蒿目之艰，意为举目看到时事艰危而感到忧虑不安。后形容忧虑时局，典出《庄子·骈拇》："今世之仁人，蒿目而忧世之患。"

③名言一卷五千字：指《道德经》一卷（上、下篇），计5162字。

题 画

◇ 无名氏 ◇

模糊烟树忆曾游，
达马丰冈乘小舟。
玄武洞边天已暮，
卧看淡月到扬州。

【作者简介】

不详。

【语汇注解】

①丰冈：今兵库县丰冈市，北面日本海，东接京都府。

②玄武洞：位于丰冈市圆山川右岸，以其由玄武岩柱状解理所构成的洞窟群而闻名。今为日本天然纪念地。

题新罗三郎足柄山吹笙图

◇ 无名氏 ◇

吹笙传秘远从兄，

佳誉千年山月明。

足柄近连腰越驿，

祖孙悬隔鹡鸰情。

【作者简介】

不详。

【语汇注解】

①新罗三郎：源义光（1045—1127），平安末期武将，源赖义第三子，因于近江国新罗明神前行元服礼，故称新罗三郎，官至从五位上左兵卫尉、甲斐守等。其善弓马之术，好音律，所创武流影响至今。足柄山吹笙，相传义光曾随笙家丰原时元学笙，深得其妙。不久后三年之役起，义光之兄赖义陷入苦战，义光违抗君命，募私兵相助，夜至近江国境内时，见一着狩衣男子飞驰而来，其乃丰原时元之孙时秋。义光随时秋入足柄山中，得授丰原家传秘曲《大食调入调》。后源氏获胜，《大食调入调》亦传承至今，事见《古今著闻集》卷六。足柄山吹笙为江户期绘师喜爱的题材，今多有相关作品传世。

②足柄：山名，位于今神奈川县及静冈县境内，亦名金时山。

③腰越：地名，位于今神奈川县镰仓市。

④鹡鸰情：鹡鸰以其有离群者，众鸟皆鸣而求其类之故，喻兄弟友爱、急难相顾。典出《诗经·小雅·棠棣》："脊令在原，兄弟急难。"北宋·黄庭坚《和答元明黔南赠别》："急雪脊令相并影，惊风鸿雁不成行。"

画牛

◇ 无名氏 ◇

放牛眠稳草如茵，
忽忆东游昔日春。
倦行乏马镰仓路，
倩汝经过七里滨。

235

【作者简介】

不详。

【语汇注解】

①镰仓路：亦作镰仓往还，为镰仓时代由幕府主持修建的各地通往镰仓的道路总称，分上、中、下三道，部分路段沿用至今。

②七里滨：地名，位于今神奈川县镰仓市西南相模湾，为湘南海岸的一部分，以其绝佳海景闻名。

题画狝猴

◇ 无名氏 ◇

欲窍塞来耳目口，
居然混沌未分姿。
暮三朝四狙公术，
今日于吾何所施。

【作者简介】

不详。

【语汇注解】

画狝猴：所谓三猿，汉语亦称"三不猴"，为三只分别用双手遮住眼睛、耳朵与嘴巴的猿猴形象，据考为《论语·颜渊》中"非礼勿视、非礼勿听、非礼勿言、非礼勿动"思想与日本民间信仰结合而成的产物。

六歌仙图

◇ 无名氏 ◇

一女二僧三缙绅，

何缘唤作六仙人。

三十一字才离吻，

能动人天感鬼神。

【作者简介】

不详。

【语汇注解】

①六歌仙：为《古今和歌集》序文中列举的六位和歌名家，分别为僧正遍昭（816—890）、在原业平（825—880）、文屋康秀（？—885？）、喜撰法师（生卒年不详）、小野小町（生卒年不详）及大友黑主（生卒年不详）。《古今和歌集》真名序对此六人评价如下："近代存古风者，才二三人而已，然长短不同，论以可辨。花山僧正尤得歌体，然其词华而少实，如图画好女，徒动人情；在原中将之歌，其情有余，其词不足，如萎花虽少彩色，而有薰香；文琳巧咏物，然其体近俗也，如贾人之着鲜衣；宇治山僧喜撰，其词华丽而首尾停滞，如望秋月遇晓云；小野小町之歌，古衣通姬之流也，然艳而无气力，如病妇之着花粉；大友黑主之歌，古猿丸大夫之次也，颇有逸兴，而体甚鄙，如田夫之息花前也。此外氏姓流闻者，不可胜数，其大底皆以艳为基，不知和歌之趣者也。"六歌仙图亦为浮世绘常见题材之一。

②一女二僧三缙绅：六歌仙中小野小町为女性歌人；僧正遍昭先为从五位上左近卫少将，后于比叡山剃度；喜撰法师为真言宗僧人；在原业官至从四位上行右近卫权中将兼美浓守；文屋康秀官至正六位上缝殿助；大友黑主官至从八位上郡大领，故称。

③三十一字：指和歌中的短歌，每句共三十一音，以"五、七、五、七、七"的音顺创作。

高台望炊烟图

◇ 无名氏 ◇

缥缈炊烟几万家，

天颜有喜咏繁华。

祖龙故遣童男问，

认作蓬山五色霞。

【作者简介】

不详。

【语汇注解】

①高台望炊烟：古坟时仁德天皇望炊烟而施仁政事，见于《日本书纪》卷十一："（仁德天皇）诏群臣曰：'朕登高台以远望之，烟气不起于域中，以为百姓既贫，而家无炊者。朕闻古圣王之世，人人诵咏德之音，家家有康哉之歌。今朕临亿兆，于兹三年，颂音不聆，炊烟转疏，即知五谷不登，百姓穷乏也……其天之立君，是为百姓，然则君以百姓为本，是以古圣王者，一人饥寒，顾之责身。今百姓贫之则朕贫也，百姓富之则朕富也，未之有百姓富之君贫矣。'"

②祖龙：秦始皇。南朝宋·裴骃《史记集解》："祖，始也；龙，人君像；谓始皇也。"

③遣童：指徐福东渡一事。《史记·淮南衡山列传第五十八》："（始皇）使徐福入海求神异物，遣振男女三千人，资之五谷种种百工而行。徐福得平原广泽，止王不来。"中日两国自古以来一直有徐福最终到达日本的传说，日本以其求药而不得，遂留于日本，如江户末期儒学家岩垣松苗《国史略》卷一所记："（孝灵天皇）七十二年，秦人徐福来。"一说徐福留日后，成为日本第一代天皇神武天皇。今皆待考。

太真扶醉上马图

◇ 无名氏 ◇

犹带春风御酒香，

玉纤斜按紫游缰。

怪来狂蝶乱相逐，

马是桃花人海棠。

239

【作者简介】

不详。

【语汇注解】

太真：杨玉环（719—756），唐玄宗贵妃。杨贵妃上马为历代中日画家喜爱的题材，元钱选有纸本设色《杨贵妃上马图》，为传世名品。

夜叉念佛图

◇ 无名氏 ◇

华池汤镬竟云何，
名相未泯差别多。
法界机关如傀儡，
夜叉弹舌现弥陀。

【作者简介】

不详。

【语汇注解】

①夜叉：一作药叉，意为"捷疾"，佛教中一种形象丑恶的鬼，勇健暴恶，能食人，有的后受佛陀之教化而成为护法之神，列为天龙八部众之一。亦比喻相貌丑陋而凶狠的人。

②华池：口的舌下部位，泛指口。

③汤镬：古时酷刑，把人投入沸锅中煮死，此处或代指佛教中的地狱。

④弹舌：此处或指念佛。

八幡公过勿来关图

◇ 无名氏 ◇

白旗风气乱春晖，
边境已惊龙虎威。
铁马不前关外踏，
落花如雪洒戎衣。

【作者简介】

不详。

【语汇注解】

①八幡公：源义家，详见《题义家贞任接战图》诗。

②勿来关：古关名，"奥州三关"之一，故址在今福岛县磐城市，历来常被作为歌枕吟咏。过勿来关，即指永保三年（宋元丰六年，公元1083年）后三年之役终后，义家自陆奥归，途径勿来关时，有感而咏歌一句云："悠悠春风拂，思名勿来关难渡。虽云风莫越，远征归途所行处，簌簌落樱散满路。（吹く風を勿来の関と　思へども　道もせに散る山桜かな）"（事见《千载和歌集》）后世多有以此为题材所作之诗画，如江户末期诗人藤森弘庵所作《八幡公勿来关图》："誓扫胡尘不顾家，悬军万里向边沙。马上残日东风恶，吹落关山几树花。"

第四部
闲适类

闲 适

◇ 喜撰法师 ◇

京路城南宇治山，
结庵曾住竹林间。
人言此地无尘及，
又送葬喧耳不闲。

【作者简介】

喜撰法师（生卒年不详），山城国乙训郡（今京都府长冈京市）人，平安初期真言宗僧人、歌人，六歌仙之一。民间传说以其出家后隐栖于宇治山而成仙。今其歌仅存二首，一为此歌，一载于《玉叶和歌集》，云："遥望密林里，点点微光交相映。想是谷中萤，抑或渔父出海早，潮落扬帆灯火明。"此诗为喜撰法师所作和歌之译诗，原歌作"吾庐者 京师之巽 诺曾住 世远宇治山 登 人波云奈梨"。

【语汇注解】

结庵：北宋·白玉蟾《结庵》："结庵居深山，静中观万物。绿苔封晓云，苍藤缚夜月……少年不归来，人间空白发。"

清 闲

◇ 坂上是则 ◇

一白皎然芳野里，
疑见月影挂空明。
雪烟初识风吹散，
六出高低满地清。

【作者简介】

坂上是则（？—930），平安前期歌人。官至从五位下加贺介。相传其因善于蹴鞠而受醍醐天皇赏识。有歌集《是则集》《古今和歌集》载其歌七首。此诗为坂上是则所作和歌之译诗，原歌作"朝朗 有明之丹桂登 见左右尔 芳野乃乡耳 所落皑容奇"。

【语汇注解】

六出：花分瓣称"出"，雪花为六瓣，呈六角形，因而称之为"六出"。《韩诗外传》："凡草木花多五出，唯雪花独六出"，所以"六出"为雪花的别称。唐高骈《对雪》："六出飞花入户时，坐看青竹变琼枝。"

双峰夕照

◇ 九条公 ◇

怪岩奇石几重围，

云树森森野鸟归。

何处行人无限怨，

双峰万仞挂斜晖。

【作者简介】

九条公：藤原良经（1169—1206），官至从一位摄政、太政大臣。号后京极殿，平安末期公卿、歌人。其善和歌、书道、汉诗，曾为《新古今和歌集》撰假名序，有家集《秋筱月清集》《大间成文抄》等。《小仓百人一首》第九十一番为其所作，云："莎鸡 鸣也霜夜之 狭莚丹 衣片敷 一鸭将寐"，刘德润译作"迢迢霜夜里，蟋蟀鸣唧唧。独盖衣衫睡，茕然卧草席。"

【语汇注解】

万仞：古代八尺为仞，万仞形容山极高。

和竹岛怀橘诗韵

◇ 林罗山 ◇

千岁陆郎怀抱香，
洗尽岸苔湘水情。
掬取皇英斑竹泪，
散为淅沥夜来声。

【作者简介】

　　林罗山（1583—1657），江户时期朱子学家、诗人。名忠，字子信，号罗山，石川县人。八岁时即听读《太平记》，十四岁寓居建仁寺读书，拜藤原惺窝为师。曾任德川家康将军侍讲，促使朱子学成为幕府的官学。著述一百五十余卷。

【语汇注解】

　　①陆郎：陆绩，字公纪，三国时代吴国人。博学多才，精通天文、算术，注释《易经》，曾任孙权账下郁林太守等职务。

　　②输：与"赢"相对。此处指"不如""不及"之意。

湘夜雨

◇ 林靖 ◇

暮云合后雨纵横，

洗尽岸苔湘水情。

掬取皇英斑竹泪，

散为淅沥夜来声。

【作者简介】

　　林靖（1624—1661），江户时期儒学家、诗人。字彦复，号读耕斋、甚斋，京都人。性格高雅，博闻强记，推崇程朱理学，擅长诗歌文章。著有《读耕斋诗集》《静庐客谈》《甚斋漫笔》等。

【语汇注解】

　　①湘水：亦称湘江，源头为广西，流入东北湖南，经零陵、长沙，入洞庭湖，长约二千公里。

　　②掬：双手捧起。唐·罗隐的《秋夕对月》诗中云"月夜色可掬"之句，反映出对月色柔美之光的亲近。

和复轩南中忆江东同游之作以自遣

◇ 新井白石 ◇

皇献远及车书同，
关路长开古镇空。
白马时来无吏问，
东西行客日夜通。

【作者简介】

新井白石（1657—1725），江户前期儒学家、政治家。名君美，号白石，通称勘解由，江户（今东京都）人。德川幕府的重要辅臣，学通朱子学、历史学、地理学、文学，被认为是江户时代最优秀的学者之一。白石天资聪颖，少时投奔著名儒学家木下顺庵门下学习朱子学，后仕于甲府藩主德川家丰。宝永六年（清康熙四十八年，公元1709年），家丰改名家宣，出任幕府将军，白石受到重用，以御侧御用人身份主导幕政。执政期间，以儒学思想为指导，进行稳定社会秩序的改革：整顿礼仪、改铸货币；弹劾贪赃在法的勘定奉行；实行文治，主张使民以时、不夺下利、节用而爱人以及为防止金银外流而实施贸易新令等，史称"正德之治"。家宣逝后，白石不为新任将军吉宗所用，遂自朝中退隐，潜心研究儒学，并对西学及琉球、虾夷等周边国家民族的历史进行考察，今日日本以其为西学研究之始。著有《读史余论》《古史通》《采览异言》等。

【语汇注解】

江东：今东京都江东区，面向东京湾。

海边月

◇ 岩仓公 ◇

已看秋风到海隅，

苍茫万顷接云衢。

一轮影落金波月，

疑是骊龙颔下珠。

251

【作者简介】

　　岩仓公：岩仓具视（1825—1883），明治初期公卿、政治家。号对岳，京都人。幕末时任左近卫权中将，庆应三年（清同治六年，公元1867年），一手策划了"王政复古"，令末代将军德川庆喜放弃名位，把所有权力交回皇室，成为维新政府的中枢。维新后，率"岩仓使节团"考察欧美，以求改革之道。回国后主持设立日本铁道会社，并反对三条实美提出的"征韩论"，确立了"内治优先"政策，强化了皇室统治的基础。

【语汇注解】

　　①衢：大路，四通八达的道路。

　　②骊龙：传说中黑色的龙。

西江浪声

◇本愿寺门主◇

西江斜月入帘栊，
梦觉窗前五夜风。
波浪声从枕头起，
偏疑身在片舟中。

【作者简介】

　　本愿寺门主，或指大谷光尊（1850—1903），江户末期净土真宗僧人，本愿寺派第二十一世宗主。法名明如，字子馨，号六华、梅窗，京都人。维新后于教部省任大教正，反对排佛运动，主持宗门改革，推动教团近代化。

咏月二首

◇ 爱宕公 ◇

其 一

老树连雪掩荜门，

岩头小筑远前村。

秋光引我渡樵径，

万岳千峰月一痕。

253

【作者简介】

　　爱宕公，应为爱宕通旭（1846—1872），江户末期公卿，通称爱宕大夫。明治元年（清同治七年，公元1868年）任神祇官判事，维新后愤于旧公家权力尽失及新政府的开化方针，与久留米藩士密谋兵谏天皇还幸京都，未果，是为"二卿事件"。通旭以谋逆之罪被赐自尽。

【语汇注解】

　　荜：同筚，用荆条和竹木之类编成的篱笆。

其 二

月明须磨浦上秋，

一轮影落入波流。

吟哦遥听皎兮赋，

芦荻双湾夜泊舟。

【语汇注解】

①须磨浦：须磨海岸，位于今兵库县神户市须磨区，以其白砂青松之景久负盛名。今有公园、海水浴场等观光地。

②皎兮：出自《诗经·国风·陈风·月出》的诗经名句"月出皎兮，佼人僚兮。"月亮出来，如此洁白光明，璀璨佳人，如此美貌动人。

③芦荻：多年生禾本科，秆高3米，坚韧，多节，常生分枝，叶稍长于节间，颈部具长柔毛。

今兹丁巳岁营一小书楼时秋至马偶赋

◇ 池内陶所 ◇

桐风披拂小书楼，

簌簌牙签鸣不休。

夕案朝经从此好，

檠窗滋味在新秋。

【作者简介】

　　池内陶所（1814—1863），江户末期医师。名泰时，通称大学、退藏，京都人。师从贯名海屋、赖山阳学习儒学。曾任乌丸蛤御门前住儒医。

【语汇注解】

　　①丁巳：公元1857年（日本安政四年，清咸丰七年）。

　　②簌簌：形容风吹叶子等的声音。

　　③牙签：系在书卷上作为标识，以便翻检的牙骨等制成的签牌，指书籍。

　　④檠：灯架，烛台，借指灯。

东山寓居杂吟

◇ 江马天江 ◇

其 一

一夜神澄梦不成，
飒飒谡谡枕头鸣。
几年住在红尘里，
欠此松声与竹声。

【作者简介】

　　江马天江（1825—1901），江户末期诗人、儒医。本姓下阪，名圣钦，字永弼，通称俊吉，近江国坂田郡（今滋贺县中部）人。从师于梁川星岩，维新后任太政官史官，后辞职设塾。著有《赏心赞录》《退亨园诗钞》等。

【语汇注解】

　　①神澄：澄神，使心智和精神得以安静和澄清，不受外物的干扰。南宋·张抡《减字木兰花》："澄神静虑。"

　　②飒飒：形容风吹动树木枝叶发出的声音。

　　③谡谡：形容风声呼呼作响。

其 二

金麝香烬有余薰，

几杵钟声送夕曛。

手把骚经人静坐，

虚窗影白半山云。

【语汇注解】

骚经：指《离骚》。北宋·陈与义《墨戏二首·兰》："并入晴窗三昧手，不须辛苦读骚经。"

其 三

梦醒石枕对残釭，

唳鹤蹁跹影作双。

一阵山风吹晓霁，

松花和露洒溪窗。

【语汇注解】

蹁跹（pián xiān）：犹飘逸飞舞貌，亦形容舞姿轻盈。唐·元稹《代曲江老人百韵》："掉荡云门发，蹁跹鹭羽振。"

其 四

笕水和冰入夜铛，
瓶梅分影伴寒檠。
山窗坐久幽听变，
树里风声带雪声。

【语汇注解】

①笕（jiǎn）水：用笕所引的水，此处指日式庭院中的手水钵或惊鹿。笕，引水用的长竹管。南宋·陆游《杜门》："笕水晨浇药，灯窗夜覆棋。"

②铛：撞击金属器物等发出的声音。

③檠：灯架，烛台。借指灯。

曝 书

◇ 神山凤阳 ◇

不必倾筐诛白鱼，

曝来万卷杲何如。

除非经史数篇外，

多是人间无用书。

【作者简介】

神山凤阳（1824—1889），明治初期书法家、诗人。通称四郎，名述，字为德，号凤阳，美浓（今岐阜县）人。早年于京都开设私塾，明治二年（清同治八年，公元1869年）入立命馆任讲师。著有《凤阳遗稿》《凤阳遗印谱》等。

【语汇注解】

①白鱼：衣鱼，一种无翅的小型昆虫，常蛀食书籍、衣物等。北宋·黄庭坚《次韵元实病目》："要须玄览照镜空，莫作白鱼钻蠹简。"

②杲（gǎo）：犹日出明亮貌。南朝梁·简文帝《南郊颂》："如海之深，如日之杲。"

睡起口占

◇ 神山凤阳 ◇

十洲五岳又三山，
随意徜徉高枕梦。
堪笑仙家胜具多，
御风云或骑鸾凤。

【语汇注解】

①口占：口中念出而不用笔墨起草的诗文，称为口占。亦指即兴作诗，不打草稿，随口吟诵出来。

②十洲：祖洲、瀛洲、玄洲、炎洲、长洲、元洲、流洲、生洲、凤麟洲、聚窟洲，道教称大海中神仙居住的十处名山胜境，亦泛指仙境。唐·卢照邻《赠李荣道士》："风摇十洲影，日乱九江文。"

偶 成

◇ 梁川星岩 ◇

其 一

驰走如风簇似雪，

高车大马日纷纷。

孟郊解作避俗计，

一卷常携冰雪文。

【作者简介】

梁川星岩（1789—1858），江户时代末期汉诗人，女性汉诗人红兰之夫。名卯，后名孟纬，字伯兔，后字公图，通称新十郎，美浓国（今岐阜县南部）人，曾周游日本列藩，后结"玉池吟社"。安政大狱时被捕，未几患霍乱而死。

【语汇注解】

一卷常携冰雪文：化用自唐·孟郊《送豆卢策归别墅》中"一卷冰雪文，避俗常自携"句，以示其高洁淡泊之怀。

其 二

十年孤负白云期，

满面沙尘两鬓丝。

手掩牙弦心语口，

世间能有几人知。

【语汇注解】

牙弦：传说春秋时伯牙善弹琴，钟子期善听，二人遂为至交。后因以"牙弦"寓有相知之意，亦指绝唱、杰作。唐·裴夷直《题断金集后》："牙弦千古绝，珠泪万行新。"

黑野客中，闻因幡山花事正盛，阻雨不能往，怅然书二十八字

◇ 梁川星岩 ◇

春水渐高津不通，
客窗连日雨蒙蒙。
湿香吹入红蕤枕，
梦在樱云暗淡中。

【语汇注解】

①黑野：今岐阜县岐阜市，桃山时大名加藤贞泰于岐阜筑黑野城，故岐阜后亦称黑野。

②因幡山：今名稻叶山，旧亦作稻羽山、宇倍野山，位于今鸟取县鸟取市国府町，以《小仓百人一首》第十六首中纳言行平（818—893）作歌"我下因幡道，松涛闻满山。诸君劳久候，几欲再回还"（刘德润译，原文作"起别 生于因幡山之峰万都土止闻者 如今将归来"）而知名。

③红蕤枕：传说中的仙枕，典出唐·张读《宣室志·玉清三宝》："群仙…曰：'吾有三宝。'……乃命左右取其宝。始出一杯，其色碧，而光莹洞澈，曰：'碧瑶杯也。'又出一枕，似玉，微红，曰：'红蕤枕也。'又出一小函，其色紫，亦似玉，而莹澈则过之，曰：'紫玉函也。'后以借指绣枕。"北宋·毛滂《小重山·春雪小醉》："红蕤枕，犹暖楚峰云。"

秋夕芝原氏斋中听琴

◇ 梁川星岩 ◇

秋风吹入洞庭波，
奈此明徽善手何。
听到决决声绝处，
满园竹露泣皇娥。

【语汇注解】

①明徽：指明快的节拍。徽，古代琴面指示音节的标志。唐李白《幽涧泉》：“幽涧愀兮流泉深，善手明徽高张清。”

②皇娥：娥皇，传说中的上古人物，姓伊祁氏，为尧女，舜帝之妻。相传舜帝南巡苍梧而崩，葬于九嶷山，二妃千里寻夫，知舜已死，抱竹痛哭，竹上生斑，泪尽而死。后因称斑竹为“湘妃竹”。

鸭川寓楼杂吟

◇ 梁川星岩 ◇

其 一

一尊柏叶贺新正，

寺寺钟传百八声。

看见红波动檐额，

日支峰影渐分明。

【语汇注解】

柏叶：门松，一种以松枝和竹子制作的装饰品，日本民间于正月立其于门外，以"松契千岁，竹契万代"寓意祈求家庭繁昌。

其 二

少年负抱广平铁，
惟有冰姿经吕题。
老觉心肠全软尽，
逢凡红紫便沉迷。

【语汇注解】

　　广平：宋璟（663—737），字广平，邢州南和（今河北南和）人，唐朝名相。其先后历仕五朝，一生辅佐皇帝励精图治，与房玄龄、杜如晦、姚崇并称唐朝四大贤相。相传宋璟为官正直刚毅，严于律己，却工于文章，作出风流妩媚、流芳百世的《梅花赋》。唐·皮日休评曰："余尝慕宋广平之为相，贞姿劲质，刚态毅状。疑其铁肠石心，不解吐婉媚辞。然睹其文而有《梅花赋》，清便富艳，得南朝徐庾体，殊不类其为人也。后苏相公味道得而称之，广平之名遂振。呜呼！夫广平之才，未为是赋，则苏公果暇知其人哉？将广平困于穷，厄于踬，然强为是文耶？"

村居杂吟

◇ 太田能州 ◇

其 一

贲距衡门聊谢客，

云林烟壑尽幽情。

人间蹋地风涛起，

莫怪庞公不入城。

267

【作者简介】

　　不详。

【语汇注解】

　　衡门：横木为门，指简陋的房屋，借指隐者所居。语出《诗经·陈风·衡门》："衡门之下，可以栖迟。"东晋·陶渊明《癸卯岁十二月中作与从弟敬远》："寝迹衡门下，邈与世相绝。"庞公不入城，典出南朝宋·范晔《后汉书·逸民列传第七十三》："庞公者，南郡襄阳人也。居岘山之南，未尝入城府。夫妻相敬如宾。荆州刺史刘表数延请，不能屈，乃就候之，谓曰：'夫保全一身，孰若保全天下乎？'庞公笑曰：'鸿鹄巢于高林之上，暮而得所栖；鼋鼍穴于深渊之下，夕而得所宿。夫趣舍行止，亦人之巢穴也。且各得其栖宿而已，天下非所保也。'因释耕于垄上，而妻子耘于前。表指而问曰：'先生苦居畎亩而不肯官禄，后世何以遗子孙乎？'庞公曰：'世人皆遗之以危，今独遗之以安，虽所遗不同，未为无所遗也。'表叹息而去。后遂携其妻子登鹿门山，因采药不反。"后遂以庞德公为隐士之典范。

其 二

风月琴尊并一抛，
间门常闭锁蓬蒿。
不知老懒不堪事，
只道先生偏养高。

【语汇注解】

养高：谓闲居不仕、退隐。南宋陆游《舟中遣兴》："湖海渺云涛，浮家得养高。"

其 三

休问文章工不工，
残生半醉半醒中。
门庭藩溷皆毫楮，
多事当年左太冲。

【语汇注解】

①藩溷（hùn）：篱笆和厕所。茅盾《无题》："搏天鹰隼困藩溷，拜月狐狸戴冕旒。"

②毫楮（chǔ）：指毛笔和纸。北宋·苏轼《书鄢陵王主簿所画折枝二首·其二》"若人富天巧，春色入毫楮。"

③左太冲：左思（250-305），字太冲，临淄（今山东淄博）人，西晋文学家。左思自幼其貌不扬却才华出众，以其《三都赋》为洛阳人争相抄读事，造成"洛阳纸贵"。晚年退居，专意典籍。

椋柳观荷

◇ 贯名海屋 ◇

苒苒芙蕖占野塘，
风摇珠露弄清凉。
欣他叠绿留余地，
里有游鱼浮正阳。

【作者简介】

　　贯名海屋（1778—1863），江户末期的儒学家、著名的书法家。名苞，字君茂，别号海仙，海客，林屋，海屋，海叟，菘翁，房竹山人，须静堂主人等。被后世尊为"近世日本的书圣"。

【语汇注解】

　　①苒苒：长势茂盛的，或草木枝叶柔嫩的。

　　②芙蕖：荷花的别名。在古代，荷花骨朵叫菡萏，盛开的花叫芙蕖，果实叫莲。

田家夜舂

◇ 池内陶所 ◇

农事家家初告成，
西村东落夜舂鸣。
豳风图上难描处，
烟外疏灯雨外声。

【作者简介】

池内陶所（1814—1863），江户末期医师。名泰时，通称大学、退藏，京都人。师从贯名海屋、赖山阳学习儒学。曾任乌丸蛤御门前住儒医。

【语汇注解】

①豳（bīn）风：《诗经》十五国风之一，为先秦时豳地（今陕西彬县）民歌，多描写农家生活、辛勤劳作之景。《豳风·七月》中所叙述的农事情况，为古代中日绘师热衷的题材。

②舂：把东西放在石臼里或钵里捣，使其破碎或去皮壳。

月夜仿李玉谿

◇ 池内陶所 ◇

天边离思月前声，
夜影分明落玉筝。
水阔山长秋色远，
美人遥夜不胜情。

【语汇注解】

　　李玉谿：李商隐（813？—858？），晚唐著名诗人。字义山，号玉谿生，怀州河内（今河南沁阳）人其诗构思新奇，风格秾丽，尤其是一些爱情诗和无题诗写得缠绵悱恻，优美动人，广为传诵。仿李玉溪，或指模仿李商隐《霜月》诗所作："初闻征雁已无蝉，百尺楼高水接天。青女素娥俱耐冷，月中霜里斗婵娟。"

鸭崖寓楼杂吟

◇ 池内陶所 ◇

其 一

隔岸峰峦来入檐，

飞岚经雨翠逾添。

依微清水寺边暮，

一道残阳在塔尖。

【语汇注解】

鸭崖：赖三树三郎（1825—1859），儒学家赖山阳三子。名醇，号鸭崖，通称三树三郎，京都人。因推动尊王攘夷运动被幕府当局处死，其绝命诗曰："排云欲手扫妖萤，失脚坠来江户城。井底痴蛙过忧虑，天边大月欠高明。身临鼎镬家无信，梦斩鲸鲵剑有声。风雨他年苔石面，谁题日本古狂生。"

其 二

雨过一川风露浓，

湍流激石韵淙淙。

无端凉影掠波动，

新月已含如意峰。

【语汇注解】

如意峰：即京都东山三十六峰之主峰如意岳。

偶 成

◇ 猪饲敬所 ◇

其 一

芳草陂塘春雨余，

乌犍黄犊隔烟呼。

年年自似带叹息，

世上无人似葛庐。

【作者简介】

　　猪饲敬所（1761—1845），江户末期折衷学派儒学家。名彦博，字文卿、希文，号敬所，通称三郎右卫门，近江国人。初修心学，后转学儒学，辗转京都、淡路等处讲学，天保初年任津藩儒。敬所之学详于经史，精通三礼，著有《论孟考文》《西河折妄》等。

【语汇注解】

　　①乌犍黄犊：泛指耕牛。南宋冯澄《春日田园杂兴》："黄犊乌犍秧谷候，雄蜂雌蝶菜花天。"

　　②葛庐：介葛庐，春秋时介国国君，相传能通兽语，典出西晋·张华《博物志》："介葛庐闻牛鸣，知生三犊，尽为牺牲。"

其 二

风过池塘萍弃分，
偶看科斗正成群。
世间事事皆更变，
唯有昆虫似古文。

【语汇注解】

　　科斗：指蝌蚪书，为古文字体的一种，盛行于汉末，因头粗尾细、形似蝌蚪而得名。常用其泛指上古典籍文字。

中元书感

◇ 横山湖山 ◇

不扫松楸已几年，

白云秋隔天客来。

佳节每多感怀重，

阅到中元最黯然。

【作者简介】

横山湖山，小野湖山（1814—1910），明治初期诗人。本姓横山，名长愿，字舒公，号玉池仙史，通称仙助、桐之助，近江国浅井郡（今滋贺县长滨市）人。生于医师之家，诗学于梁川星岩，后为吉田藩士。维新后叙从五位，官至记录局主任。废藩置县后退隐，钻研诗学，高龄而终。其诗风豪胆淡雅，格调清高，有集《湖山楼诗钞》。

【语汇注解】

松楸：松树与楸树。墓地多植，因以代称坟墓。唐·许浑《金陵怀古》："松楸远近千官冢，禾黍高低六代宫。"

法泉寺村

◇ 横山湖山 ◇

暗水淙淙脚下闻，
参天老树郁如云。
杜鹃叫破深林雨，
中有前朝帝子坟。

【语汇注解】

　　法泉寺：或指泉涌寺，位于今京都市东山区，为真言宗泉涌寺派总本山，寺域内有上至镰仓时代后堀河天皇、下至江户末期孝明天皇的历代天皇陵墓，故亦称"御寺"。

废 园

◇ 菊池五山 ◇

草深不见旧柴荆，

野竹成丛付乳莺。

亦有染人来占隙，

几竿蓝碧挂新晴。

【作者简介】

　　菊池五山（1769—1849），江户末期诗人。名桐孙，字无弦，通称佐太夫，号五山、娱庵，赞岐国高松（今香川县高松市）人。早年入昌平坂学问所学诗，后参加"江湖诗社"，以诗会友。文化四年（1807年，清嘉庆十二年）受清袁枚《随园诗话》影响，始发刊《五山堂诗话》，后陆续刊行十五卷，对江户诗坛影响巨大。所作见于《文政十七家绝句》《天保三十六家绝句》等集中。

【语汇注解】

　　染人：泛指从事染布帛的工匠。南宋·刘克庄《池上榴花一本盛开》："染人不能就，画史无以加。"

寒 晓

◇ 菊池五山 ◇

寒到五更难睡过，
衰翁暖足计如何。
瓦盆煨火黄炉底，
不用千金买脚婆。

【语汇注解】

脚婆：一种用铜制成的扁瓶，内盛热水，可置于被子里用以暖脚。北宋·黄庭坚《戏咏暖足瓶二首·其一》："千金买脚婆，夜夜睡天明。"

睡起煎茶

◇ 野田笛浦 ◇

半肱眠足夕阳斜，

槐影婆娑上碧纱。

起汲井华吹活水，

小瓯闲试一团花。

【作者简介】

　　野田笛浦（1799—1859），江户末期儒学者、文学家，"文章四名家"之一。名逸，字子明，号海红园，通称希一，丹后国田边（今京都府舞鹤市）人。生于藩士之家，曾任田边藩家老，尽力于藩政改革。有《笛浦诗文集》《北越诗草》等作。

【语汇注解】

　　①井华：井花水，清晨初汲的井水，旧以其有疗病利人之效。北宋·苏轼《赠常州报恩长老二首·其一》："碧玉碗盛红玛瑙，井花水养石菖蒲。"

　　②瓯：小盆，杯子。

围 炉

◇ 西岛兰溪 ◇

划灰炼句要清新，
诗客何为自辛苦。
忽忆林间温酒事，
干枫数片作乌薪。

【作者简介】

西岛兰溪（1781—1853），江户末期儒学者。本姓下条，名长孙，字元龄，号兰溪，江户（今东京都）人。兰溪博涉群书，好与名士交游，精于校勘之学，著述甚伙。有《坤斋日抄》《敝帚诗话》等作传世。

【语汇注解】

①划灰：火箸画灰，犹言书法一气呵成，运笔连属无端末。

②林间温酒：唐·白居易《送王十八归山寄题仙游寺》诗云："林间暖酒烧红叶，石上题诗扫绿苔。"白诗传日后，极为公卿所推崇，纷纷仿效，赏枫而以落叶温酒。后世文学作品中多有引用此句者，吟咏"红叶狩"风情之和歌、俳句，亦不胜枚举。

房东杂诗

◇ 大沼枕山 ◇

寒潮声答万松风，

千里路连东海东。

高浪拍天无畔岸，

三仓三宅杳茫中。

【作者简介】

大沼枕山（1818—1891），江户末期、明治前期汉诗人。通称舍吉，名厚，字子寿，号枕山，江户（今东京都）人。师从菊池五山（1772-1855），后创办"下谷吟社"传授诗学作法。著有《房山集》《咏史绝句》《诗学明辨》《观月小稿》《枕山诗钞》等。

【语汇注解】

①房东：亦称外房，指今房总半岛东部九十九里滨海岸，以黑潮闻名。

②三仓：伊豆诸岛中的御藏岛，旧为流刑地。

③三宅：伊豆诸岛中的三宅岛，岛上有活火山雄山。

漫 写

◇ 奥田香雨 ◇

其 一

壶中日月洞中天，
梦淡龙华小劫边。
一笑词人多福分，
对花菩萨酒中仙。

【作者简介】

　　奥田香雨（1842—1874）江户末期汉学家，"森门四天王"之一。名真人，字超然，号香雨、诗瘦楼，名古屋人。以诗之长与诸家交游，维新后出仕于驿递寮。所作见于《明治三十八家绝句》等。

【语汇注解】

　　①龙华：指龙华树，佛教以弥勒菩萨得道为佛时，坐于龙华树下。树高广四十里，因花枝如龙头，故名。

　　②小劫：佛教以人寿自八万岁，每百年减一年而至十岁，又人寿自十岁，每百年增一年而至八万岁，此增劫及减劫名为小劫。

其 二

水月镜花描不成，
诗从空处得真情。
能写春愁淡于影，
丽才何止玉谿生。

【语汇注解】

玉谿生：李商隐（813？—858？），字义山，号玉谿生，晚唐著名诗人，其诗构思新奇，风格秾丽，优美动人，广为传颂。

铁舟笔洗

◇ 市河宽斋 ◇

不比轻蓬漾水湾，

置身砚滴墨池间。

五湖无意载西子，

却为毛嫱洗翠鬟。

【作者简介】

　　市河宽斋（1749—1820），江户时期诗人。字子静，号西野，上野（今群马县）甘乐郡南牧村人。师从林正良学朱子，1791年任藩校广德馆教授。性好自然山水，晚年游长崎。在江户创办江湖社，提倡宋诗。著有《日本诗记》《半江暇笔》《琼浦梦余录》等。

【语汇注解】

　　①笔洗：用来洗墨的小钵。铁舟笔洗：铁制船形笔洗。

　　②鬟：古代妇女的发髻。唐·杜甫诗《月夜》中有"香雾云鬟湿，清辉玉臂寒。"

漫 笔

◇ 久松爽肃 ◇

唐宋随时多变风，

掣鲸人少竟雕虫。

曾来余亦诗成癖，

昨夜分明梦杜翁。

【作者简介】

久松爽肃（1804—1835），江户晚期汉诗人。字元志气，号龟阳。师从古贺精里、林述斋、佐藤一斋。善于诗文，1809年沿袭封号，力主振兴文教，著有《聿修馆遗稿》四卷。

【语汇注解】

①掣：拽。

②雕虫：指写文章一类的雕虫小技。《北史·李浑传》中云："（浑）尝谓魏收曰：'雕虫小技，我不如卿，国典朝章，卿不如我。'"

③杜翁：指杜甫。杜甫：字子美，自号少陵野老，河南襄阳人，唐代现实主义诗人，与李白合称"李杜"，后人称他为"诗圣"，其诗被称为"诗史"。他对中国文学和日本文学都产生了深远的影响，共有约1500首诗歌被保留了下来，大多集于《杜工部集》。

偶 成

◇ 无名氏 ◇

北海徐刘吾所宗，
欲将痛饮洗尘胸。
平生不说风云事，
笑向人间学酒龙。

【作者简介】

不详。

【语汇注解】

①北海徐刘：孔融（153—208）、徐邈（171—249）及刘伶。孔融为东汉末文学家，于东汉末曾任北海相，时称孔北海；徐邈为三国魏政治家，官至司隶校尉。

②酒龙：指以豪饮著名的人。清钱谦益《次韵答茅孝若见访五首·其三》："掉尾羞盐虎，垂头羡酒龙。"全诗化用自唐·陆龟蒙《自遣诗三十首·其八》中"思量北海徐刘辈，枉向人间号酒龙"一句。

余丁巳自西阵移居麸屋町，己未又徙富小路，丁卯又徙新町，庚午又徙高仓，癸卯又徙堺町，因戏赋

◇ 无名氏 ◇

东僦西侨几徙居，

老来家计与身虚。

瘦颜犹具一双眼，

随看雌黄天下书。

【作者简介】

不详。

【语汇注解】

①丁巳：宽政九年（清嘉庆二年，公元1797年）。己未：宽政十一年（嘉庆四年，公元1799年）。丁卯：文化四年（嘉庆十二年，公元1807年）。庚午：文化七年（嘉庆十五年，公元1810年）。癸卯：天保十四年（道光二十三年，公元1843年）。

②西阵：地名，泛指今京都市上京区西部一带，为高级绢织物"西阵织"发祥地。麸屋町，街名，即麸屋町通，位于今京都市中京区，为富小路通一部分。富小路，街名，即富小路通，位于今京都市中京区。新町，街名，即新町通，位于今京都市中京区，为祇园祭巡行经路的一部分。高仓，街名，即高仓通，位于今京都市中京区。堺町，街名，堺町通，位于今京都市中京区。

③僦（jiù）：租赁。北宋文与可《西冈僦居》："未免僦屋住，敢谓须华鲜。"

④雌黄：古人勘书时，遇有误字者，以雌黄涂抹改正，后引申为辨正讹谬乃至乱发批评之意。

腊月十七日大雪，四更推窗，月色清好，偶书所见

◇ 无名氏 ◇

夜深月兔试毛锥，
雪硾银笺恣展披。
一扫琼楼琪树影，
淡模糊处最堪奇。

【作者简介】

不详。

【语汇注解】

①毛锥：壳斗科锥属植物，在中国南方分布较为广泛。泛指笔。五代后汉时，武夫当政，轻视文章礼乐，厌恶文士，把笔蔑称为毛锥，认为没什么大用。后以此典代指笔，常用于与武事相对时。宋陆游："笑谓毛锥可无恨，书生处处与卿同。"南宋·杨万里："仰枕糟丘俯墨池，左提大剑右毛锥。"

②雪硾银笺：一种处理宣纸的方式，即以卵石反复碾磨纸面使其柔软光洁，不易晕墨，亦有以糯米汤浸煮者，称"煮硾笺"。

第五部

感慨类

偶 书

◇ 无名氏 ◇

壶酒来穰谷满车，
所持者狭求者奢。
当年痛被淳于笑，
今日何思到我家。

【作者简介】

不详。

【语汇注解】

淳于：淳于髡（前386？—前310），战国齐政治家，官至政卿大夫。其长不满七尺，滑稽多辩。齐威王好夜饮，他借酒宴讽谏威王："酒极则乱，乐极则悲，万事尽然，言不可极，极之而衰。"威王乃罢长夜之饮，齐国遂大治。

夏日竹下梦小饮

◇ 岛田忠臣 ◇

世上清冷风竹前，
人间欢乐酒杯仙。
家庭养绿寻常醉，
应是他生作七贤。

【作者简介】

　　岛田忠臣（828—892），平安时期汉学家。名忠臣，生于儒家。曾任太宰少贰、兵部少辅等职，为宇多天皇讲读《易经》。诗学白乐天，有"诗匠"之称，通汉方，能医，做过典药头等职。

【语汇注解】

　　①先魂：指竹林七贤，晋代的嵇康、阮籍、山涛、向秀、阮咸、王戎、刘伶。他们常常聚集于林中，饮酒赋诗，谈天论地，俗称"竹林七贤"。
　　②嵇阮：指嵇康、阮籍二人。
　　③淹时：停留，驻足。

雨后登楼

◇ 绝海中津 ◇

一天过雨洗新秋，

携友同登江上楼。

欲写仲宣千古恨，

断烟疏树不堪忧。

【作者简介】

　　绝海中津（1336—1405），名中津，字绝海，号蕉坚道人。少年期即落发天龙寺，拜梦窗疏石为师，后入建仁寺向龙山德见学习。1368年曾游学中国，寓居杭州中竺寺，拜全室和尚为师。1376年受明太祖朱元璋召见，被问及徐福及熊野古祠等事，并唱和诗句，同一年回国，居洛西云居寺。著有《绝海录》《蕉坚稿》等。

【语汇注解】

　　①仲宣：王粲，字仲宣，建安七子中最有成就的诗人、文学家。

　　②断烟：孤烟。唐·贾岛《雪晴晚望》中云："野火烧冈草，断烟生石松。"

击壤老

◇ 人见壹 ◇

上古醇风政不苛，
老人击壤乐如何。
遥知尧日无私照，
唱叹犹传作息歌。

【作者简介】

人见壹（1599—1670），江户时期汉诗人。字道生，号卜幽轩，京都人。师从林罗山，攻读程朱理学，曾任水户藩祖德川赖房的儒官。著有《四书童子问》《庄子口义栈航》《林塘集》等。

【语汇注解】

①击壤：相传尧时，天下太平，百姓无事，有老人击壤而歌："日出而作，日落而息，凿井而饮，耕田而食。"后来多用于比喻太平盛世而言。

②尧日：唐尧统治天下的时代。

③作息歌：击壤歌。赞美尧的时代民风淳朴，百姓安居乐业。

咏徐福

◇ 祇园南海 ◇

绿树三山外，
古坟带落灰。
万里西秦路，
客魂遂不归。

【作者简介】

祇园南海（1677—1751），江户中期书画家。名正卿，字伯玉，号南海，纪伊（今和歌山县）人。善作书画，尤长于山水。师从木下顺庵，宗唐诗，与新井白石、梁田蜕岩并称三大家。著述有《诗学逢源》《南海诗法》《南海诗集》《江南竹枝》等。

【语汇注解】

①三山：指和歌山县新宫市的熊野三山，那智、本宫、新宫。
②古坟：指徐福坟墓，在新宫市，距熊野山较近。
③客魂：指徐福最终没有采到仙药而客死日本。

绝 句

◇ 井上金峨 ◇

东邻屠狗宅，
西邻买酒垆。
中有腐儒在，
终日读唐虞。

【作者简介】

　　井上金峨（1732—1784），江户时期汉诗人。祖先井上大膳为信州人，侍织田信长，后战死于本能寺。父亲井上观哉为儒官名立元，号金峨，江户人。先后师从川口熊峰、井上兰台学习古义学、徂徕学，诗宗中、晚唐，文宗韩愈、柳宗元等。著有《论语集说》《中庸古义》《孝经集说》等。攻读程朱理学，曾任水户藩祖德川赖房的儒官。著有《四书童子问》《庄子口义栈航》《林塘集》等。

【语汇注解】

　　①垆：酒店里安置酒瓮的土墩子，亦代称为酒店。

　　②腐儒：指保守迂腐与时宜不相符合的读书人。此语出自《三国演义》第四十回："孔明曰：寻章摘句，世之腐儒也，何能兴邦立事？"

癸卯春后过鸭东有所感

◇ 牧韵斋 ◇

鸭涯春尽草凄凄，
时听老莺抱树啼。
李白桃红各飞去，
更无人间旧花蹊。

【作者简介】
　　不详。

【语汇注解】
　　花蹊：典出成语"桃李不言，下自成蹊"（《史记·李将军列传第四十九》）。桃李之树不能言语，但因它们有花和果实，人们在树下赏花尝果，以致走出一条小路。比喻为人真诚、严于律己，自然会受到人们的敬仰。

病中戏作

◇ 猪饲敬所 ◇

其 一

非惟面貌乏姿妆，
举案齐眉真孟光。
为值国家全盛日，
梁鸿不作第五章。

【作者简介】

　　猪饲敬所（1761—1845），江户末期折衷学派儒学家。名彦博，字文卿、希文，号敬所，通称三郎右卫门，近江国人，初修心学，后转学儒学，辗转京都、淡路等处讲学，天保初年任津藩儒。敬所之学详于经史，精通三礼，著有《论孟考文》《西河折妄》等。

【语汇注解】

　　①举案齐眉：形容夫妻互敬互爱，典出《后汉书·梁鸿传》：东汉贤士梁鸿之妻孟光，貌丑而贤，随夫至吴地为人佣工，梁鸿归家，孟光每为具食，不敢于鸿前仰视，举案齐眉，以表敬重。

　　②第五章：汉章帝时，梁鸿过洛阳，登北邙山远望，见宫殿之华丽，感人民之疾苦，遂作《五噫歌》讽世："陟彼北芒兮，噫！顾瞻帝京兮，噫！宫阙崔巍兮，噫！民之劬劳兮，噫！辽辽未央兮，噫！

其 二

笔耘舌耕聊度年，

无须十万赛家钱。

休言错大眼珠小，

图籍坐观天地全。

【语汇注解】

赛家钱：赛钱，奉于神佛之钱，日语中为香资意。

都下儒士多佩双刀，或讶余不然，余闻之戏作

◇ 猪饲敬所 ◇

五十衰翁气不豪，
犹师小范立心高。
虽无数万胸中甲，
何用荡腰三尺刀。

【语汇注解】

佩双刀：所谓"苗字带刀"，江户时代藩臣、武士等特权阶级拥有取姓和佩刀的特权，后渐以佩双刀作为武士身份的标识，佩单刀或不佩刀均被视作不当举止。明治维新后废除。

三国港杂词三首

◇ 森春涛 ◇

其一

春星的历海波明，

五更东风微雪晴。

袅衣歌喉珠一串，

山王祠下拜年行。

【作者简介】

森春涛（生卒年不详），明治、大正时期的汉诗人。曾在昌平黉与大沼枕山任教，培养出很多弟子。

【语汇注解】

①三国港：亦称福井港，位于今福井县坂井市九头龙川河口，为旧时"三津七凑"之一，沿用至今。

②的历：喻光亮鲜明貌。唐·王勃《越州秋日宴山亭序》："的历秋荷，月照芙蓉之水。"

③山王祠：三国神社，位于今福井县坂井市，主祀大山咋神（山王权现）和继体天皇，其例祭"三国祭"为北陆三大祭之一，始于江户中期，是珍贵的民间文化遗产。

其 二

下巷柳深三弄笛，
上街花白一枝箫。
使人延伫低回久，
春月依依思案桥。

【语汇注解】

思案桥：江户时于游廓外设壕沟，以桥连接正门。寻欢者常于桥上徘徊思索是否入内买春，故后以"思案桥"作为旧时游廓外桥的泛称，坂井市的"思案桥"位于今三国町神明三丁目。

其 三

板桥中断屐声空，
不与当年画里同。
乞借娲皇五色石，
何人为补美人红。

【语汇注解】

娲皇：女娲，中国神话中人类的始祖，曾炼五色石补天，治理洪水，杀死猛兽，使人民得以安居，是古代神话中征服自然的女神形象，事见《淮南子·览冥训》："往古之时，四极废，九州裂；天不兼复，地不周载；火爁焱而不灭，水浩洋而不息；猛兽食颛民，鸷鸟攫老弱。于是女娲炼五色石以补苍天，断鳌足以立四极，杀黑龙以济冀州，积芦灰以止淫水。苍天补，四极正；淫水涸，冀州平；狡虫死，颛民生。"

丙寅夏日观象偶作

◇ 神山凤阳 ◇

身体如陵亦等闲，

但看长鼻妙机关。

谁知奇兽存奇节，

不拜胡儿安禄山。

【作者简介】

神山凤阳（1824—1889），明治初期书法家、诗人。通称四郎，名述，字为德，号凤阳，美浓（今岐阜县）人。早年于京都开设私塾，明治二年（清同治八年，公元1869年）入立命馆任讲师。著有《凤阳遗稿》《凤阳遗印谱》等。

【语汇注解】

①丙寅：庆应二年（清同治五年，公元1866年）。

②不拜胡儿安禄山：典出唐·刘恂《岭表录异》载安禄山于宴上令象跪拜起舞而象不从事："明皇所教之象，天宝之乱，禄山大宴诸酋，出象绐之曰：'此自南海奔至，以吾有天命，虽异类，见必拜舞。'左右教之，象皆努目不动，终不肯拜。禄山怒，尽杀之。"

离 魂

◇ 森精所 ◇

离魂如水杳难招，
南浦秋风易寂寥。
惆怅美人今不见，
竹寒兰瘦雨萧萧。

【作者简介】

　　森精所（1826—？），江户末期诗人。名秀业，字子勤、淳平，尾张国（今爱知县西）人。

【语汇注解】

　　南浦：地名，在今冈山县仓敷市，为南面濑户内海的山麓浅滩，自古以酿造业闻名。

偶 成

◇ 池内陶所 ◇

身心须讨个安便，
一葛一丧年复年。
只得图书堆里老，
不要成佛不要仙。

【作者简介】

池内陶所（1814—1863），江户末期医师。名泰时，通称大学、退藏，京都人。师从贯名海屋、赖山阳学习儒学。曾任乌丸蛤御门前住儒医。

【语汇注解】

葛：喻葛巾野服，戴葛布头巾，穿乡野粗布衣服，指隐士或道士的服饰。明·张宁《东坡图》："玉带金章未足奇，葛巾野服是何时。"

偶 成

◇ 伊藤听秋 ◇

其 一

小劫华严一弹指，
凄凄往事足攒眉。
善才度曲龟年笛，
俱是开元全盛时。

【作者简介】

不详。

【语汇注解】

①小劫：梵语，指提婆达多受地狱苦报之期间，或指释尊一劫之寿限。

②华严：佛教指释迦牟尼成道之初在菩提树下所说的大乘无上法门。因其高深，解悟者少。小劫华严，极言时光飞逝，令人不堪回味。

③善才、龟年：曹善才、李龟年，均为唐中期著名乐工。

其 二

南能北秀枉纷纷，

笑杀传衣半夜人。

几舟分载千江影，

好在当头月半轮。

【语汇注解】

①南能北秀：指唐代禅宗中的南宗慧能（638—713）和北宗神秀（606—706），两人均为佛学大师。

②传衣半夜人：六祖慧能半夜传衣事，典出北宋·释道原《景德传灯录》卷三："（弘忍）乃潜令人自碓坊召能行者（慧能）入室。…能居士跪受衣法。启曰：'法则既授，衣付何人？'师曰：'昔达磨初至，人未知信，故传衣以明得法。今信心已熟，衣乃争端，止于汝身，不复传也，且当远隐，俟时行化。所谓授衣之人，命如悬丝也。'能曰：'当隐何所？'师曰：'逢怀即止，遇会且藏。'能礼足已，捧衣而出，是夜南迈，大众莫知。忍大师自此不复上堂，凡三日，大众疑怪致问，祖曰：'吾道行矣，何更询之？'复问：'衣法谁得耶？'师曰：'能者得。'于是众议卢行者名能。"后世以"传衣"谓传授师法或继承师业。唐·李商隐《谢书》："自蒙半夜传衣后，不羡王祥得佩刀。"

其 三

翰墨场中老伏波，

菩提坊里病维摩。

平生爱唱涪翁句，

移赠无人可奈何。

【语汇注解】

①伏波：马援（前14—49），字文渊，谥忠成，扶风茂陵（今陕西兴平）人，西汉末东汉初军事家，东汉开国功臣之一。马援于新朝末年归顺光武帝刘秀，为其统一天下立下了赫赫战功。东汉开国后，马援虽已年迈，但仍请缨东征西讨，西破陇羌，南征交趾，北击乌桓，官至伏波将军，封新息侯，世称"马伏波"。其老当益壮、马革裹尸的气概，受到后人的崇敬。

②维摩：维摩诘，意为"无垢尘"，佛经中古印度的著名居士，相传其不恋万贯家财，常修梵行，得圣果成就，被称为菩萨。事见《维摩诘所说经》。

③涪翁：西汉医家名，事见于南朝宋·范晔《后汉书·方术列传第七十二》："有老父不知何出，常渔钓于涪水，因号涪翁。乞食人间，见有疾者，时下针石，辄应时而效，乃著《针经》《诊脉法》传于世。弟子程高，寻求积年，翁乃授之，高亦隐迹不仕。（郭）玉少师事高，学方诊六微之技，阴阳隐侧之术，和帝时，为太医丞，多有效应。"后郭玉因此成为东汉时期的一代名医。

秋斋闻虫

◇ 菊池五山 ◇

莎鸡蟋蟀伴诗翁，

支枕豳风七月中。

梦见周公吾岂敢，

秋斋只管饱闻虫。

【作者简介】

菊池五山（1769—1849），江户末期诗人。名桐孙，字无弦，通称佐太夫，号五山、娱庵，赞岐国高松（今香川县高松市）人。早年入昌平坂学问所学诗，后参加"江湖诗社"，以诗会友。文化四年（1807年，清嘉庆十二年）受清袁枚《随园诗话》影响，始发刊《五山堂诗话》，后陆续刊行十五卷，对江户诗坛影响巨大。所作见于《文政十七家绝句》《天保三十六家绝句》等集中。

【语汇注解】

①莎鸡：虫名。又名络纬，纺织娘。《诗经·豳风·七月》："五月斯螽动股，六月莎鸡振羽。"

②《豳风·七月》：是《诗经·国风》中最长的一首诗。收录于诗经风，雅，颂中，此诗反映了周代早期的农业生产状况和农民的日常生活情况，不仅有重要的历史价值，也是一首杰出的叙事兼抒情的名诗，全诗共分为八章。

③周公：姬姓，名旦，是周文王姬昌第四子，是西周初期杰出的政治家，军事家，思想家，教育家，被尊为"元圣"。

对月怀旧

◇ 菊池五山 ◇

素月流天金委波，
芳尘凝阁草遮坡。
陈王弭盖知何处，
当日应刘算不多。

【语汇注解】

①陈王：曹植（192—232），字子建，谥思，沛国谯县（今安徽亳州）人，三国魏文学家，曹操三子，因受封于陈地，故称"陈王"。为建安文学的代表人物与集大成者。

②陈王弭盖：指南朝宋·谢庄所作《月赋》，赋以"陈王初丧应、刘，端忧多暇"开篇，假定曹植因思念初丧的应玚、刘桢两位文友，于月夜宴请王粲之情景。赋中极言月色之清丽与赏月者之哀思，构思精巧，语言含蓄蕴藉，写景历历如绘，意境悠远，余味不尽。"弭盖"句为"腾吹寒山，弭盖秋阪"，即奏乐寒山、行走秋阪之意。弭盖：谓控驭车驾徐徐而行。盖，车盖，借指车。

偶 成

◇ 江马天江 ◇

头颅四十已皤皤，

石火电光如汝何。

迂计恐遭妻妾笑，

读书时少买书多。

【作者简介】

江马天江（1825—1901），江户末期诗人、儒医。本姓下阪，名圣钦，字永弼，通称俊吉，近江国坂田郡（今滋贺县中部）人。从师于梁川星岩，维新后任太政官史官，后辞职设塾。著有《赏心赞录》《退享园诗钞》等。

【语汇注解】

①皤皤：头发花白的样子。

②石火电光：喻电光石火，比喻事物瞬息即逝。唐·吕洞宾《赠刘方处士》："浮世短景倏成空，石火电光看即逝。"

杂感三首

◇ 即山上人 ◇

其 一

绮语狂言不可量，
他生感果足悲伤。
从今忏悔泥梨业，
臂上新烧一辨香。

【作者简介】

　　即山上人，神波即山（1832—1891），名桓，字猛乡、龙朔，号菊轩，通称致庵，尾张国（今爱知县）人，江户末期汉诗人。即山幼时出家，后入森春涛门下学诗。维新后还俗，仕于司法省。其善诗书，闻名一时。

【语汇注解】

　　①绮语：佛教语。涉及闺门，爱欲等华艳辞藻以及一切杂秽语，指花言巧语，浮辞艳诗，谎话，不着边际没有意义的话等等。

　　②泥犁：亦作泥梨，泥黎，梵语，意译为地狱，其中一切皆无，没有喜乐，为十界中最恶劣的境界。

其 二

面壁深修阿字观，

天宫魔界两无边。

吾心何止秋中月，

经百僧祇也合圆。

【语汇注解】

①阿字观：东密真言宗的一种观想法，密教以悉昙梵文"阿"字为"本不生"之义，故通过观想其以求开显自心。

②僧祇：梵语阿僧祇之略称。意为无量，无数。

其 三

字字泥金笔不凡，

赵家楷法写楞严。

矜夸俗眼本无意，

卷向名山藏石函。

【语汇注解】

①泥金：将打成薄片的金银箔碾成粉末状，调入生漆，为泥金。生漆又名大漆，真漆，具有耐磨耐腐蚀，越陈越亮的特性，称它为漆中之王。用它制成的工艺品经历千百年仍不失其光彩。

赵家：赵孟頫（1254—1322），字子昂，号松雪道人、鸥波，谥文敏，吴兴（今浙江湖州）人，元初书法家、画家、诗人。其博学多才，善书各种书体，尤以楷、行书著称于世。其书风遒媚、秀逸，结体严整、笔法圆熟，与欧阳询、颜真卿、柳公权同为"楷书四大家"之一。

②楞严：《楞严经》，又称《首楞严经》《大佛顶经》《大佛顶首楞严经》《中印度那烂陀大道场经》，是北传佛教中的一部具有重要影响力的经典，可说是一部佛教修行大全，是中唐以后中国佛教各宗各派，祖师大德共尊的经中之王。

③石函：石制的匣子，是古代用来存放经书，文籍，信件等的盒子。

偶 作

◇ 龟田鹏斋 ◇

梅花坠地不上枝，
黄河入海不再归。
百年日月如电流，
人间无复伏羲时。

【作者简介】

　　龟田鹏斋（1752—1826），江户时期汉诗人。名长兴，字图南，号鹏斋，神田人。师从井上金峨，读儒学，另喜欧阳修、苏东坡之文。一生未仕，著有《论语撮解》《大学私衡》《北游文集》等。

【语汇注解】

　　伏羲：又作伏希，中国古代神话中的人物，为三皇（伏羲氏、神农氏、燧人氏）之首。相传为风氏与女娲所生。伏羲教人结网捕鱼，创制乐器"瑟"，谱写乐曲《驾辩》发明"八卦"概括自然现象，后人将其看作是神力的象征，被认为是汉族的元祖。伏羲氏之祀庙称之为太昊宫，位于甘肃天水西关，建于1490年，1524年重修，是我国最久远且保存最完整的华夏祖先祭祀之庙宇。

读诸葛武侯传

◇ 斋藤拙堂 ◇

两篇文字压西京，
百代长悬日月明。
莫谓书生暗时务，
当时诸葛亦书生。

【作者简介】

斋藤拙堂（1797—1865），名正谦，字有终，号拙堂。江户柳原津藩人。江户时代汉学家，初推崇朱子学，后博彩各家学说，精通古文、历史，尤其好盛唐诗文，曾担任津藩藩校有造馆的藩主侍读、督学等职务。著有《拙堂诗话》《拙堂文话》等数十卷。

【语汇注解】

①两篇文字：指诸葛孔明写的《隆中对》和《出师表》，是重要的治国方略。

②西京：古代国都名。西汉建都长安，东汉改都洛阳，因而洛阳称为东京，长安称为西京。

③暗：指不懂；不明。尤其指对国家大事的糊涂。

芋 粥

◇ 无名氏 ◇

芋粥藜羹味却长，
养生方是养财方。
世间多少膏粱客，
梦到邯郸第几场。

【作者简介】

不详。

【语汇注解】

①粱：肥肉和细粮。泛指美味的饭菜，精美的饮食，代指富贵的生活。

②邯郸：古赵国都城，比喻虚幻不能实现的梦想。

第六部
客旅类

腊月初四发笠置至淀城舟中作

◇ 梁川星岩 ◇

百里川程一叶舟，
荒烟寒树水悠悠。
篷窗依约笠山影，
送到淀城青未休。

【作者简介】

梁川星岩（1789—1858），江户时代末期汉诗人，女性汉诗人红兰之夫。名卯，后名孟纬，字伯兔，后字公图，通称新十郎，美浓国（今岐阜县南部）人。曾周游日本列藩，后结"玉池吟社"。安政大狱时被捕，未几患霍乱而死。

【语汇注解】

①笠置：地名，今京都府相乐郡笠置町，位于京都东南，町内多山林地，为木津川与其支流汇合处。

②淀城：地名，故址在今京都市伏见区淀本町，临宇治川与桂川，江户时为户田氏等谱代大名居城，幕末鸟羽伏见之战后废淀藩，城亦不存。

柏原驿逢立春

◇ 牧韵斋 ◇

路开堆雪一条平，
晚宿山村灯已明。
历尾寸来看欲尽，
柏原客舍听傩声。

320

【作者简介】

不详。

【语汇注解】

①柏原：地名，今大阪府柏原市，位于大阪府东大和川畔，旧时以河运繁荣。

②傩：又称跳傩，傩舞，傩戏，是一种神秘而古老的原始祭礼。

西洋纪行四首

◇ 大沼枕山 ◇

其 一

彼邦秦帝我丰公，

三岛三韩路仅通。

四通为家有今日，

支那只要一帆风。

【作者简介】

大沼枕山（1818—1891），江户末期、明治前期汉诗人。通称舍吉，名厚，字子寿，号枕山，江户（今东京都）人。师从菊池五山（1772—1855），后创办"下谷吟社"传授诗学作法。著有《房山集》《咏史绝句》《诗学明辨》《观月小稿》《枕山诗钞》等。

【语汇注解】

①秦帝：秦始皇。

②丰公：丰臣秀吉。

③三岛：指日本列岛的本州、四国、九州三岛。

④三韩：汉时朝鲜南部有辰韩、马韩、弁韩，合称三韩，后以指朝鲜半岛。

⑤支那：是近代日本对中国的蔑称。日本开始用"支那"蔑称中国始于中日甲午战争中清政府失败，1895年清政府被迫与日本政府签订了丧权辱国的马关条约，把近代中国的耻辱推向极点。长久以来一直把中国尊为"上国"的日本人先是震惊，继而因胜利而陶醉，上街游行，狂呼"日本胜利！支那败北！"。从此，"支那"一词在日本开始带上了战胜者对失败者的轻蔑的情感和心理，"支那"逐渐由中性词演变为贬义词。

其 二

正道渐稀邪道多，

滔滔天下果如何。

谁言杨墨难防得，

昌坐吾宗欠孟轲。

【语汇注解】

①杨墨：战国时思想家杨朱与墨翟的并称，杨朱主张为我，墨翟主张兼爱，是战国时与儒家对立的两个重要学派。后以借指儒家以外的各学派。唐李白《送于十八应四子举落第还嵩山》："交流无时寂，杨墨日成科。"

②孟轲：孟子，名轲，字子舆，战国时期邹国人，中国古代著名的思想家，教育家，儒家代表人物，有"亚圣"之称，与孔子合称为"孔孟"，著有《孟子》。

其 三

涛头黄道一条悬，

印度以南南极天。

银汉乘槎非异事，

火轮船转日轮边。

【语汇注解】

银汉乘槎：典出西晋·张华《博物志》卷十："旧说云天河与海通。近世有人居海渚者，每年八月有浮槎去来，不失期。人有奇志，立飞阁于槎上，多赍粮，乘槎而去。十余日中，犹观星月日辰，自后茫茫忽忽，亦不觉昼夜。去十余日，奄至一处，有城郭状，屋舍甚严。遥望宫中有织妇，见一丈夫牵牛渚次饮之。牵牛人乃惊问曰：'何由至此？'此人具说来意，并问此是何处，答曰：'君还至蜀郡，访严君平，则知之。'竟不上岸，因还如期。后至蜀，问君平，曰：'某年月日，有客星犯牵牛宿。'计年月，正此人到天河时也。"后遂以乘槎代指游仙之人。北宋·苏轼《次韵正辅同游白水山》："岂知乘槎天女侧，独倚云机看织纱。"

其 四

蟹行书体兽毛服，

亚细欧罗其俗同。

日本之刀汉文字，

别然千古照寰中。

【语汇注解】

①蟹行书体：此处为对西文拉丁字母及日文假名的贬称。旧时日本文人群体以能作流利汉文、汉诗为文化水平之象征，明治维新后举国西化，至大正间汉学渐废，鼓吹废汉字、兴假名的"汉字废止论"尘嚣甚上，文化学者铃木虎雄遂作汉诗讽刺云："无能短见愍操觚，标榜文明紫乱朱。限字暴于始皇暴，制言愚驾厉王愚。不知书契垂千载，何止寒暄便匹夫。根本不同休妄断，蟹行记号但音符。"（《癸巳岁晚书怀》）

②寰：古指距京都千里以内的广大的地域，京畿。

宿妙觉寺

◇ 草场船山 ◇

林兰花发送清馨，
池底鸣蛙池上萤。
僧院无关夜如水，
灯雨前湿净名经。

【作者简介】

不详。

【语汇注解】

①妙觉寺：位于今京都市上京区，为日莲宗本山，始建于永和四年（明洪武十一年，公元1378年），与妙显寺、立本寺并称"龙华三具足"。

②净名经：《维摩诘所说经》。

郡上路上

◇ 神山凤阳 ◇

架崖处处有人家，
生计才存叶与茶。
春夏之交雪初尽，
齐开二十四番花。

【作者简介】

神山凤阳（1824—1889）明治初期书法家、诗人。通称四郎，名述，字为德，号凤阳，美浓（今岐阜县）人。早年于京都开设私塾，明治二年（清同治八年，公元1869年）入立命馆任讲师。著有《凤阳遗稿》《凤阳遗印谱》等。

【语汇注解】

二十四番花：古代以小寒至谷雨有八气二十四候，每候五日，各以一花之风信应之，始于梅花，终于楝花，故云"二十四番花信风"。

宿房州小凑夜雨凄然

◇ 安积良斋 ◇

房州雨是江都雪，
遥忆窗前修竹折。
妻子不知风土殊，
应忧客袖春寒彻。

【作者简介】

安积良斋（1791—1860），江户末期儒学者。名重信，字思顺，号见山楼，通称佑助，陆奥国安积郡（今福岛县郡山市）人。生于神职之家，少时赴江户，苦学力行，学成后于神田骏河台设私塾，晚年任昌平坂学问所教授，门下多出英才。良斋工于诗文，有《见山楼诗集》《良斋文略》等作传世。

【语汇注解】

①小凑：旧地名，在今千叶县鸭川市东，为临鲷之浦的港市，相传为高僧日莲的诞生地。

②江都：江户的雅称。柏木如亭《荞麦歌》："江都人世极乐国，口腹何求不可得？"

寓居二首

◇ 江马天江 ◇

其 一

身入山林摘涧蔬，

伤时结习尚难除。

叩门偶有城中客，

细问新来发令书。

327

【作者简介】

江马天江（1825—1901），江户末期诗人、儒医。本姓下阪，名圣钦，字永弼，通称俊吉，近江国坂田郡（今滋贺县中部）人。从师于梁川星岩，维新后任太政官史官，后辞职设塾。著有《赏心赞录》《退亨园诗钞》等。

【语汇注解】

结习：佛教称烦恼，亦指积久而难改的习惯，多贬义。北宋·苏轼《再和杨公济梅花十·其一》："结习已空从著袂，不须天女问云何。"

其 二

唇未点红君莫嗟，
相期相慕味尤嘉。
人间万事忌全盛，
才到开花忽落花。

【语汇注解】

　　嗟：叹息，感叹，感慨，表示忧感。还表示赞美。

江州金堂村听琵琶

◇ 村田香谷 ◇

一曲琵琶弹者谁，

轻拢慢捻有余思。

今宵我亦江州客，

暗湿青衫人不知。

【作者简介】

村田香谷（1831—1912），江户末期南画家、诗人。名叔，号兰雪、适圃，筑前国（今福冈县）人。曾学画于贯名海屋、学诗于梁川星岩，工山水，能诗书，曾三度赴华游历。

【语汇注解】

①江州：近江国，旧令制国之一，属东山道，今为滋贺县。

金堂村，今滋贺县东近江市五个庄金堂町，江户末期属宇都宫藩，旧为商人聚居地。

②暗湿青衫：化用自唐·白居易《琵琶行》诗中"座中泣下谁最多？江州司马青衫湿"二句。

还家戏作

◇ 岩谷迂堂 ◇

卖尽图书典尽衣，
调花弄月梦全非。
吾曹今日飘零甚，
仿佛唐人落第归。

【作者简介】

岩谷迂堂：岩谷一六（1834—1905），明治初期书法家、诗人。本名修，字诚卿，号迂堂、古梅，近江国甲贺郡（今滋贺县甲贺市）人。少学医学、儒学，明治维新后历任枢密权大史、元老院议官等职。

【语汇注解】

①吾曹：喻我辈，我们这一辈。《韩非子·外储说右上》："吾曹何爱不为公"。南宋·杨万里《次主薄叔乞米韵》："文字借令真可煮，吾曹从古不应贫。"

②唐人落第：唐时科举风甚盛，落第者亦众，多以诗遣悲怀，内容沉痛彷徨，称"落第诗"，如赵嘏《下第后上李中丞》："落第逢人恸哭初，平生志业欲何如。鬓毛洒尽一枝桂，泪血滴来千里书。"

浓州途上

◇ 广濑林外 ◇

繁弦急管满街衢，

男女憧憧歌且呼。

一路灵风吹不断，

晴空如雨送神符。

【作者简介】

广濑林外（1836—1874），江户末期儒学家，广濑淡窗之甥。名孝，字维孝，号林外，通称孝之助，丰后国（今大分县）人。林外由伯父抚养，学于家塾咸宜园，长于诗文及史学。淡窗逝世后主持家塾，维新后上京，供职于修史馆。著有《林外杂著》等。

【语汇注解】

①浓州：美浓国，旧令制国之一，属东山道，今岐阜县南部。

②衢：大路，四通八达的道路。

③憧憧：往来不停的样子。《易经.咸卦.九四》："憧憧往来，朋从尔思"。

尾州途上

◇ 广濑林外 ◇

平原渺渺接插空，
官道秋多清樾风。
终日行行宜笑语，
数人同在一车中。

【语汇注解】

①尾州：尾张国，旧令制国之一，属东海道，今爱知县西部。

②樾：路旁遮阴的树。树荫凉儿。

藤枝驿

◇ 广濑林外 ◇

行军以律亦难哉，

粮食终为闾里灾。

茶店酒家齐门户，

居人指点步兵来。

【语汇注解】

①藤枝：今静冈县藤枝市，位于静冈县中部濑户川畔。

②闾里：按照"匠人营国"制度，除皇城外，居住区分为"国宅"与"闾里"两部分。前者指王公贵族和朝廷重臣住的地方，一般都环绕在王城左右前后。后者指一般平民住的地方。

居人：居民。《诗.郑风.叔于田》："叔于田，巷无居人。"

函 关

◇ 广濑林外 ◇

绿树丛中怪鸟呼，

登登磴道几盘纡。

平生惯蹈丰山险，

唯觉函关是坦途。

【语汇注解】

①函关：箱根峠，为位于今神奈川县足柄下郡箱根町及静冈县田方郡函南町间的山口，为镰仓时代至今的交通要道。旧时日本以关东地方比拟中国关东，以箱根峠比拟函谷关，故称其为"函关"。

②登登：象声词，指敲击声，马蹄声或脚步声。

③磴道：登山的石径。南宋·宋颜延之《七驿》："岩屋桥构，蹬道相临。"

④纡：弯曲，绕弯。

金川途上

◇ 广濑林外 ◇

海色苍苍欲夕晖，

岸头街市望依微。

胡人绯服齐扬策，

一道红云接地飞。

【语汇注解】

①金川：河名，帷子川，位于今神奈川县横滨市，因其水呈铁锈色，故有"金川"之别名。

②胡人：中国古代对北方边地及西域各游牧民族的称呼，主要包括匈奴，鲜卑，羌，吐番，突厥，蒙古国，契丹，女真等部落，指其为不文明，不开化的化外之民。

③绯服：绯，帛赤色也，指的是红色。绯色的官服，唐代五品，四品官服绯色，后世服绯品级不尽相同。

日光途上

◇ 广濑林外 ◇

天涯游迹路三千，
西望江都更杳然。
云中忽见芙蓉面，
亦似故人来拍肩。

【语汇注解】

①日光：地名，今枥木县日光市，位于枥木县西北，为德川家康祠日光东照宫所在地。

②芙蓉面：喻指美人容颜。元·张可久《塞鸿秋·春情》："疏星淡月秋千院，愁云恨雨芙蓉面。"

家书信后

◇ 广濑林外 ◇

双鲤遥遥天外通，

唯言京洛倚春风。

不知东武三千里，

身在炮声枪色中。

337

【语汇注解】

①双鲤：古时书信于绢上，为使传递过程中不致损毁，将其封入两片木简中，简多刻成鱼形，故称。后世遂以双鲤代指书信。唐李商隐《寄令狐郎中》："嵩云秦树久离居，双鲤迢迢一纸书。"

②东武：指武藏国东部，后亦指江户。

③炮声枪色：指鸟羽伏见之战，为效忠于明治天皇的新政府军和德川幕府军之间的战争，发生于庆应四年（清同治七年，公元1868年）一月，战火起于京都鸟羽、竹田、伏见，以新政府军全胜告终，标志着戊辰战争的开始。

伏 水

◇ 广濑林外 ◇

灯火楼台映水凉，
中书岛畔容吹簧。
东风忽破繁华梦，
草色春迷新战场。

【语汇注解】

①伏水：宇治川。

②中书岛：地名，位于今京都市伏见区，为宇治川口的冲积岛，旧时以其花街及游廓闻名。

京 师

◇ 广濑林外 ◇

春风猎猎锦旗明，
廷议拟移东伐兵。
万国衣冠齐推道，
君王新幸二条城。

339

【语汇注解】

①猎猎：形容风声或风吹动旗帜等的声音。

②东伐兵：指伏见鸟羽之战后的北陆战争、箱馆战争等一系列发生于东北地方的战争。

③二条城：位于今京都市中京区二条城町，始建于庆长八年（明万历三十一年，公元1603年），是德川幕府第一代将军德川家康作为守护京都御所以及到京都拜见天皇住宿的城堡。庆应三年（清同治六年，公元1867年），第十五代幕府将军德川庆喜在二条城举行"大政奉还"仪式，将政权归还明治天皇，二条城因而闻名。

参州途上作二首

◇ 斎藤管 ◇

其一

无复列侯乘画轮，

犹看官道马蹄尘。

铳光枪影纷如织，

悉是京师干役人。

【作者简介】

　　不详。

【语汇注解】

　　①参州：三河国，旧令制国之一，属东海道，今爱知县东。

　　②铳：旧时指枪一类的火器。

　　③干役：办事老练的差役。

其 二

肩舆络绎赴斜阳，

一带松林官道长。

倦仆扬扬乘马去，

鞍头犹竖绿沉枪。

【语汇注解】

①肩舆：轿子，谓乘坐轿子。

②绿沉枪：古兵器名，指以绿沉竹制成的枪，亦指饰为绿色或以精铁制成的枪。敦煌曲子词《定风波》："手执绿沉枪似铁，明月，龙泉三尺崭新磨。"

天龙河上所见

◇ 森忠见 ◇

卤簿鲜明桐号新，
肃雝行色映河津。
车中有女颜如玉，
道是王姬服侍人。

【作者简介】

不详。

【语汇注解】

①天龙河：天龙川，河名，古称麁玉河，发源于长野县诹访湖，流经爱知、静冈二县，于远州滩注入太平洋。天龙川历来水患频繁，自平安时起筑堤整治，今以其落差筑坝发电。

②卤簿：古代皇帝出行时的仪从和警卫。后亦泛称一般官员的仪仗，就是按照品级定制各种规格的车马仪仗。汉·蔡："天子出，车驾次第，谓之卤簿"。唐制四品以上皆给卤簿。

③肃雝（yōng）：亦作"肃雍"、"肃邕"，原指行车之貌，后以"肃雝之德"为称颂妇德之辞。《诗经·召南·何彼秾矣》："曷不肃雝？王姬之车。"

宿二见浦

◇ 后藤春草 ◇

蛮烟蜑雨欲黄昏，

潮带腥风客枕喧。

安得东洋明日霁，

起看碧浪浴红暾。

【作者简介】

不详。

【语汇注解】

①二见浦：日本名胜之一，位于三重县伊势市立石崎海岸，今属伊势志摩国立公园，内有夫妇岩等观光名所。

②蜑（dàn）雨：泛指中国南方海上的暴雨，此处用以形容二见浦海上雨势之盛。北宋·苏轼《十一月二十六日松风亭下梅花盛开》："岂知流落复相见，蛮风蜑雨愁黄昏。"

③东洋：一般指日本，意为日出之国。

④霁：雨雪停止，天放晴。

⑤红暾（tūn），犹日始出。

读孟尝君传

◇ 神山松雨 ◇

身伍虎狼能免难，
狐裘一领赎生还。
三千食客尽禽兽，
为狗为鸡才出关。

【作者简介】

　　神山松雨（生卒年不详），明治时期汉诗人。名闻，字琴抱，号大贯，佐贺县人。

【语汇注解】

　　①身伍虎狼：指孟尝君被秦王礼聘到秦国做宰相，陷入虎狼一样的人物之间。

　　②狐裘句：指孟尝君用一件银狐的貂皮衣买通燕姬，才得以被秦王放回齐国。

　　③关：指函谷关。西据高原，东临绝涧，南接秦岭，北塞黄河，是中国历史上建置最早的雄关要塞之一。历史上有两座，秦关位于河南省灵宝市北15公里处的王垛村，汉关位于距三门峡市约75公里位于洛阳新安县，因关在谷中，深险如函，故称函谷关。

雪中访隐者不逢

◇ 大田南亩 ◇

东郭先生去不逢，
山中唯有履行踪。
回看欲记重来路，
雪没门前一古松。

【作者简介】

大田南亩（1749—1823），江户末期汉诗人。名潭，字子粍，号南亩，江户人。十九岁即出版诗集，表现出狂放不羁的个性。曾在长崎奉行所任职。旅居大阪期间与古贺精里、赖春水等同为"混沌社"成员，属"古文辞派"。著有《杏园闲笔》《南亩莠言》等。

【语汇注解】

①东郭先生（前161年—前93年？）：东方朔，号东郭先生。，字曼倩，平原郡厌次县人，西汉时期著名文学家。汉武帝即位，征辟四方士人。东方朔自荐拜为郎。后任太中大夫等职。性格诙谐，言词敏捷，常在朝堂前谈笑取乐，言政治得失，上陈"农战强国"之计。汉武帝始终视为俳优之言，不以采用。东方朔一生著述甚丰，有《答客难》《非有先生论》等。亦有后人假托其名作文。

②履行踪：根据传说，东方朔贫寒，衣履不整，雪中行旅，有上无下，道中之人往往耻笑他。

无题
（八月三十日）

◇ 森鸥外 ◇

还东日记：夕发香港，舟中有长崎好眺楼主和（荷）兰人某妻，携儿女赴乡，皆美。戏赋。

束发垂髫各样娇，

果然琼浦出琼瑶。

如今九国无豪杰，

遗恨春风老二乔。

【作者简介】

森鸥外（1862—1922），明治、大正时期的文学家、汉诗人。名高湛，号鸥外等，石见（岛根县）人。六岁入藩校学习汉语，十一岁入文学舍学习德语。考入东京大学医学部，毕业后进入陆军医院任医师。后留学德国，回国后任陆军大学教官。退役后任帝国博物院院长。同时从事作品创作与翻译。日俄战争时，随军来到中国东北。著有《舞姬》《南航西日记》《雁》《青年》等。

【语汇注解】

①束发：古代男子成为儿童时束发为髻，后来多指儿童。东晋·陶渊明的《桃花源记》中云："黄发垂髫，并怡然自乐。"

②琼浦：日本长崎的代称。长崎亦称琼江。

雪晓骑驴过秦淮

◇ 永井禾源 ◇

满江飞絮不胜寒，
秀阁无人起倚栏。
只有风流驴背客，
秦淮晓色雪中看。

【作者简介】

永井禾源（1852—1913），明治、大正时期的汉诗人。名匡温，字伯良，号禾源，爱知县名古屋市人。初学于汉学家鹫津毅堂，后随其赴京都、江户，寓学于昌平黉，拜森春涛、大沼枕山为师。后留学美国，归国后先后在文部省、内务省任职。曾任日本邮船株式会社上海分社社长，进而游历中国。著有《西游诗稿》等。

【语汇注解】

①秦淮：河名。开凿于秦代，源出于江苏溧水县，流经南京城，注入长江。

②秀阁：雕梁画栋的楼阁，多指女子的居所。

③风流驴背客：这里指孟浩然。北宋·苏东坡有诗句云："君不见潞州别驾眼如电，左手挂弓横捻箭。又不见雪中骑驴孟浩然，皱眉吟诗肩耸山。"

赴有马

◇ 无名氏 ◇

高巅过尽又高巅，
忽瞰深溪万瓦连。
指示同行为一笑，
暖烟蒸处定温泉。

【作者简介】

不详。

【语汇注解】

有马：地名，今兵库县神户市北区有马町，古来以温泉知名，为"日本三古汤"之一。

有马

◇ 无名氏 ◇

破竹风干山上下，

洗毫日晒屋西东。

多少人家碧篁里，

南邻制笔北织笼。

【作者简介】

　　不详。

【语汇注解】

　　①篁：竹林，泛指竹子。

　　②南邻制笔北织笼：有马历史上以制笔和织笼闻名，今以茶笼"有马笼
筶"和"有马人形笔"为地方名产。

自大津至矢桥便舸即事

◇ 无名氏 ◇

群峰蘸影日西衔，
风起微薄冷透衫。
驿路迂回三十里，
琵琶湖上唤归帆。

【作者简介】

不详。

【语汇注解】

①大津：地名，今滋贺县大津市，位于琵琶湖西南岸，为古都之一，市内文化遗产存量仅次于京都、奈良。市内风光优美，有延历寺、日吉大社、近江神宫等珍贵的文化遗产。

②矢桥：地名，位于今滋贺县草津市，为琵琶湖畔的良港，以"近江八景"之"矢桥归帆"闻名。

③路：驿道，古代为传车，驿马通行的大道，沿途设置驿站。

将赴势州一绝

◇ 无名氏 ◇

此生能得几时休，

凤泊鸾漂四十州。

自笑还乡踪未定，

明朝孤棹又南游。

【作者简介】

　　不详。

【语汇注解】

　　①鸾：传说是一种类似于凤凰的神鸟，赤色多者为凤，青色多者为鸾。也有一种说法称鸾为青鸟，是传说中为西王母取食传言的三足神鸟。

　　②势州：伊势国，旧令制国名，属东海道，在今三重县东部。

　　③棹：划船的一种工具，形状和桨类似。代指船。

客中杂诗三首

◇ 无名氏 ◇

其一

七年重到青山寺，
景物依然感雪鸿。
半壁诗痕多剥落，
更无人用碧纱笼。

【作者简介】

不详。

【语汇注解】

①鸿：本意指大雁，后引申为大，书信等意思。

②碧纱笼：典出五代·王定保《唐摭言》："王播少孤贫，尝客扬州惠昭寺木兰院，随僧斋飡。诸僧厌怠，播至，已饭矣。后二纪，播自重位出镇是邦，因访旧游，向之题已皆碧纱幕其上。播继以二绝句曰：'……上堂已了各西东，惭愧阇黎饭后钟。二十年来尘扑面，如今始得碧纱笼。'"后以"碧纱笼"为题诗受人赏识之意。

其 二

禅机谈罢晚凉天，

呼酒重开翰墨筵。

却用指挥如意手，

剡藤一幅扫云烟。

【语汇注解】

①翰墨筵：喻文席。谓诗文书画的聚会。

②剡（yǎn）藤：浙江绍兴剡溪盛产古藤，以其制纸负有盛名，后因称名纸为剡藤。南宋杨万里《跋眉山程仁万言书草》："剡藤方策一万字，犹带权书衡论味。"

其 三

山房挂锡病头攸，

如此身心热恼何。

降伏病魔犹有来，

真难降伏是诗魔。

【语汇注解】

①挂锡：又作留锡，游方僧行脚时必携带锡杖，投宿寺院时则挂锡杖于僧堂钩上，以表示止住寺内。今多指禅僧至修行道场之住宿。南宋·史守之《赠大慈寺啸翁开士》："挂锡云飞处，心闲境亦闲。"

②攸：同悠。《说文》："悠，忧也。"

龄垂六十，始学书，日课五百字，以作娱老之计。东坡云："下士晚闻道，聊以拙自修。"余亦只恨其晚耳，戏作二绝句。

◇ 无名氏 ◇

其 一

毛锥三寸聊忘老，
春蚓秋蛇日几行。
贫女梳头何用巧，
可怜擎镜费商量。

【作者简介】

不详。

【语汇注解】

①"下士晚闻道，聊以拙自修。"：北宋苏轼《贫家净扫地》。

②毛锥：代指笔。

③春蚓秋蛇：比喻字写得不好，弯弯曲曲，像蚯蚓和蛇爬行的痕迹。北宋·苏轼《和孔密州五绝》："蜂腰鹤膝嘲希逸，春蚓秋蛇病子云。"

④贫女梳头：化用自《贫家净扫地》首句："贫家光扫地，贫女净梳头。"

其 二

五十年来诗是麑，
郊寒岛瘦奈君何。
而今更著不来怪，
瞒得遂良髻鬓皤。

【语汇注解】

①麑（ní）：幼鹿，此处似用春秋魏人秦西巴放麑典，借指以仁德之心作诗。秦西巴放麑，典出《韩非子·说林上第二十二》："孟孙猎得麑，使秦西巴持之归，其母随之而啼。秦西巴弗忍而与之。孟孙归，至而求麑，答曰：'余弗忍而与其母。'孟孙大怒，逐之。居三月，复召以为其子傅。其御曰：'曩将罪之，今召以为子傅，何也？'孟孙曰：'夫不忍鹿，又且忍吾子乎？'故曰：'巧诈不如拙诚。'"

②郊寒岛瘦：语出苏轼，指唐代诗人孟郊、贾岛幽峭枯寂的诗歌风格，后亦喻指寒酸相。

③遂良：褚遂良（596—659？），字登善，谥文忠，杭州钱塘（今浙江杭州）人，唐代政治家、书法家，"初唐四大家"之一。其博学多才，精通文史，并工于书法，以《雁塔圣教序》书闻名于世。

④髻鬓：分梳于两旁的发髻和鬓发。南朝梁·庾信《镜赋》："量髻鬓之长短，度安花之相去。"

⑤皤：形容白色。白发皤然：白发貌，形容年老。

老泣

◇ 无名氏 ◇

老泣无声湿客衣，
天涯兄弟信来稀。
半肩行李两鬓雪，
满望云山何处归。

【作者简介】

不详。

【语汇注解】

客衣：指客行者的衣着，犹言旅人。唐·高适《使青夷军入居庸三首·其一》："不知边地别，只讶客衣单。"

消寒绝句

◇ 无名氏 ◇

其 一

至前天气弄微暄，
烘背南荣学虎蹲。
乘得牢晴定游计，
芒鞋布袜水东村。

【作者简介】

不详。

【语汇注解】

①南荣：喻言南向的屋檐。西汉·司马相如《上林赋》："偓佺之伦，暴于南荣。"

②牢晴：喻言快晴。

其 二

霜声入竹绿如干，
鸦背夕阳斜射栏。
乃识晚天将酿雪，
鸭东山色太苍寒。

【语汇注解】

　　鸦背：喻言归鸦背日。唐·温庭筠《春日野行》："蝶翎朝粉尽，鸦背夕阳多。"

赋系雪故事

◇ 无名氏 ◇

立为天子亦难哉，
夜叩相门冲门来。
忽见红炉炉底酒，
江南已落掌中杯。

【作者简介】

不详。

【语汇注解】

系雪故事：北宋太祖赵匡胤雪夜访赵普事，见于《宋史·列传第十五》："太祖数微行过功臣家，普每退朝，不敢便衣冠。一日，大雪向夜，普意帝不出。久之，闻叩门声，普亟出，帝立风雪中，普惶惧迎拜。帝曰：'已约晋王矣。'已而太宗至，设重裀地坐堂中，炽炭烧肉。普妻行酒，帝以嫂呼之，因与普计下太原。普曰：'太原当西北二面，太原既下，则我独当之，不如姑俟削平诸国，则弹丸黑子之地，将安逃乎？'帝笑曰：'吾意正如此，特试卿尔。'"